Quelques nouvelles de là-bas

Giovanna DI MASCIO

Quelques nouvelles de là-bas

Nouvelles

Édition : BoD – Books on Demand, 12/14
rond-point des Champs-Élysées, 75008 Paris
Impression : BoD - Books on Demand,
Norderstedt, Allemagne
Illustration : Giovanna DI MASCIO

ISBN : 9 782322 412808
Dépôt légal : Mars 2022

TABLE DES MATIERES

« Un paese ci vuole, non fosse che per il gusto di andarsene via. Un paese vuol dire non essere soli, sapere che nella gente, nelle piante, nella terra c'è qualcosa di tuo, che anche quando non ci sei resta ad aspettarti».

Cesare Pavese, *La luna e i falò*

A mes parents,
ma montagne mère, mon géant de père,
A mes racines.

MAÏA ET LE GÉANT DE PIERRE

Librement inspiré de la légende du Gran Sasso et de la Maiella

Avez-vous déjà entendu parler de Maïa et du Géant de pierre ?...

Chhhuuuttt, écoutez...

A une époque très lointaine, aux temps des Dieux grecs, vivait la jeune Maïa. Elle était la plus belle et l'aînée des sept filles d'Atlas et de Pléioné, appelées les pléiades. De Zeus, roi des dieux, elle eût un enfant, un géant, qu'elle prénomma Hermès.

Lors d'une bataille, Hermès fut gravement blessé. Très gravement.

Abandonnant son palais, Maïa alla consulter les oracles :

- Comment sauver mon fils ? Il semble grand et fort, mais ses blessures sont graves et je suis inquiète.

- Tu as bien fait Maïa de venir me trouver. En effet, les blessures d'Hermès sont bien étranges, et seule une plante pourrait le sauver.

- Je parcourrai le monde pour te couvrir de richesses, je serai servante pour assouvir tes caprices, je me plierai à toutes tes exigences, mais en échange, je t'implore, sauve mon fils.

L'oracle, qui était une vieille dame baissa la tête :

- Malheureusement, même si je désirais le faire, je ne le pourrais... L'unique plante qui sauvera ton enfant se trouve par-delà les mers.

- Comment la reconnaître ?

- Elle pousse au pied du plus grand rocher. Elle te semblera encore plus petite qu'elle ne l'est. Il faut te mettre en chemin rapidement, la route est longue ! Pars, ne prends rien avec toi !

Va, et suis le soleil lorsqu'il se couche, il t'indiquera la direction à suivre.

***

En ces temps de batailles, impossible de trouver une embarcation fiable, alors, de ses mains, Maïa construisit un radeau.

Consciencieusement, elle coupa des arbres qu'elle aligna, les noua avec des plantes, puis, lorsque celles-ci n'y suffirent plus, elle fit des liens de ses propres cheveux. Elle tentait de faire au plus vite, car elle entendait les râles de son fils Hermès et en ressentait la douleur, tant celle-ci était forte et insupportable.

Après quelques semaines de dur labeur, Maïa demanda à Hermès de rassembler ses dernières forces, afin de se hisser sur le radeau, et, avec des pagaies qu'elle-même avait confectionnées, ils prirent la mer.

Le voyage fut long et périlleux. Certains jours, la mer était terriblement agitée, et les vagues, immenses, puissantes, venaient fouetter le radeau. De son frêle corps, Maïa tentait alors de protéger son fils, faisant barrage aux vents. Des rafales, sur son dos, elle continuait à ressentir la douleur, bien après que le calme n'arrive. Et ce calme ne l'épargnait pas davantage. Pagayer, redoubler et redoubler d'efforts, encore et encore, pour permettre à cette embarcation sommaire de progresser, lentement, certes, mais de progresser. Elle seule pouvait sauver son fils, elle le savait, et sa volonté était bien plus forte que les tempêtes, et ne laissait aucune place au découragement.

Un matin, le radeau finalement s'échoua sur une plage.

Epuisée, amaigrie, Maïa se jeta sur le sable.

Un pêcheur, plus loin, rangeait ses filets.

- Où sommes-nous brave homme ?

- Sur les rives de l'Adriatique, à Ortona.

Maïa regarda autour d'elle. Tout paraissait si calme ici, loin de son pays, la Phrygie, qu'elle avait fui.

- Et où se trouve le plus grand...

- ...

Maïa n'eût pas le temps de terminer sa phrase, au loin, un rocher, grandiose, se détachait du ciel et répondait à sa question. Un nuage, jusque-là, l'avait caché. Il était immense, bien sûr, mais tellement majestueux, imposant par la force qu'il dégageait, pareille à celle qui animait Hermès autrefois. Instinctivement, elle sût que c'est vers cette montagne qu'elle devait se diriger.

- Brave homme, comment faire pour rejoindre ce rocher ?

- Ce rocher est en réalité une montagne, c'est le plus haut sommet de tous les environs. La route est longue, peu de personnes l'ont empruntée jusqu'à présent. La nature entravera ton chemin de nombreux obstacles. Seule, tu pourrais l'atteindre en une dizaine de jours, peut-être moins, mais avec...

L'homme regarda Hermès.

- C'est pour lui, mon fils, que je dois m'y rendre. Il y pousse une plante, la plus petite, qui pourra sauver mon enfant.

Quelques larmes coulèrent sur les joues de Maïa.

- Tu pourrais y aller seule et t'en retourner avec ta plante.

- Jamais je ne pourrai laisser mon enfant ici. Nous avons traversé tant d'épreuves ensemble, nous avons sillonné les routes pour atteindre la mer, nous avons failli périr dans les tourments des vagues, je ne veux pas risquer de le laisser, ou de me perdre en chemin, non, je ne peux me résoudre à le laisser, pas même le temps qu'il faut au soleil, pour parcourir le ciel du levant au versant.

- J'admire ta résolution, mais comment comptes-tu t'y prendre ?

Maïa laissa son regard se perdre au-delà des nuages, et son corps s'imprégner de l'air, nouveau pour elle, et si caractéristique de ce paysage jusque-là inconnu. Et puis, après de longues et longues minutes, elle posa ses yeux sur le pêcheur.

- Connais-tu des hommes forts et dignes de confiance, prêts à aider une mère et son fils pendant de longs jours ?

- Que dois-je leur dire pour qu'ils t'accompagnent ?

- Dis-leur qu'ils auront la reconnaissance des dieux, je suis moi-même Maïa, fille d'Atlas et de Pléïoné et cet homme qui souffre n'est autre que mon fils, Hermès, fils de Zeus.

L'homme s'inclina.

- Maïa, tu es surtout une mère aimante, et pour toi j'irai quérir les hommes qui sauront vous conduire, jusque là-haut, sur le grand rocher. En attendant, tu trouveras dans mes filets de quoi te nourrir et nourrir ton fils, de quoi retrouver quelques forces.

Et l'homme s'éloigna, laissant à Maïa le soin de préparer un repas avec la pêche du jour.

***

Les jours passèrent.

Maïa avait confectionné, avec la végétation, une couche, pour qu'Hermès puisse s'allonger plus confortablement, sur cette plage. Ensuite, elle récupéra les bois du radeau, les fit sécher, et les assembla de manière à construire une civière, sur laquelle il pourrait se reposer, durant les longues journées de marche qui les attendaient.

Inlassablement aussi, elle chassait et pêchait pour tenter de rassasier son géant, mais ceci était tâche difficile, tant il était grand ; et pour mieux le nourrir, elle-même se privait.

***

Des pas résonnèrent dans la forêt de pins, toute proche.

Le pêcheur revenait, avec lui, six grands gaillards qu'il avait pris soin de choisir, en fonction de leur taille et de leur musculature.

- Comme te voilà affaiblie, Maïa, dit-il en regardant la jeune femme. Jamais tu ne pourras marcher suffisamment, il te faut reprendre des forces, laisse-moi te nourrir, et préparer pour toi une besace de vivres pour le voyage. Allonge-toi auprès de ton fils et repose-toi.

Le pêcheur partit en mer avec deux des hommes, alors que d'autres renforçaient la civière ou partaient à la chasse, pour préparer suffisamment de gibier qu'ils sècheraient pour la route.

De longs jours furent nécessaires, avant que Maïa ne soit enfin prête à quitter cette plage, qui les avait si humblement, mais si chaleureusement, accueillis.

Les hommes avaient installé Hermès, et n'étaient pas trop de six pour le porter. Maïa, quant à elle, regardait avec douceur le vieil homme et cette plage s'éloigner de sa vue.

***

La route était longue, il leur fallait emprunter des chemins qu'aucune âme vivante n'avait encore foulés. De nombreux cailloux ralentissaient la marche du groupe, et les ronces, orties ou encore insectes venaient entraver leur progression. Depuis l'aube, jusqu'au crépuscule, la préoccupation principale était de savoir où ils allaient bien pouvoir passer la nuit, car il faut savoir que pour cela, ils devaient chaque fois, ou presque, défricher un morceau de cette lande, très belle, mais trop souvent inhospitalière.

Il leur arriva, durant ce long périple, d'être obligés de rester au même endroit, durant plusieurs jours, suite à des piqûres de serpents ou autres bêtes inconnues. Par bonheur, Maïa, dans son ancienne vie, avait appris à confectionner des potions ou onctions capables de venir à bout de n'importe quel venin. En prévision de ce long voyage, elle s'était appliquée à en préparer, lorsqu'elle était encore là-bas, sur la plage.

Pas à pas, sans se retourner, sans regret aucun, le cortège poursuivait sa route. Un vent, léger, mais de plus en plus fort et froid, commençait à les menacer. Les quelques peaux qu'ils avaient, ne suffisaient plus à les réchauffer, et la distance parcourue chaque jour était de plus en plus courte. En effet, ils ne progressaient que sous la chaleur du soleil, et s'arrêtaient dès qu'ils trouvaient un refuge, tel une grotte, pour passer la nuit, protégés du froid, aussi par un beau feu qu'ils s'appliquaient à faire tous les soirs.

Les montagnes, au loin déployaient leur majestuosité, mais leurs sommets commençaient lentement à se colorer de blanc.

***

Enfin, au bout de longs mois, à parcourir plaines, collines et plateaux, à monter chaque fois plus haut vers les sommets, Maïa et les hommes parvinrent au pied de la montagne. Deux longues journées, peut-être plus, seraient nécessaires avant d'atteindre l'endroit tant espéré, à flanc de montagne, où se trouvait cette fameuse plante qui sauverait Hermès. Afin de rassembler leurs forces, de progresser plus rapidement le lendemain, Maïa proposa de s'arrêter plus tôt, afin de mieux se reposer, et de passer la soirée et la nuit, dans la petite grotte qui leur faisait face.

C'est ainsi qu'ils parvinrent à se réchauffer et à prendre un repos mérité.

***

Une lumière, bien plus claire que d'habitude réchauffait l'intérieur de la grotte. Aucun bruit ne troublait la tranquillité des lieux, et tout paraissait si différent de la veille, mais aussi des autres réveils.

Maïa regarda à l'extérieur de la grotte. Le paysage était recouvert d'une épaisse couche de neige. Le blanc avait enseveli le paysage. Le sol était blanc, le ciel était blanc, la montagne était blanche.

En hâte, Maïa sortit et poussa un cri strident. La réalité lui apparut dans toute sa cruauté.

C'était l'hiver.

Ce qu'elle avait voulu jusqu'à présent ignorer, se révélait à elle, maintenant, de la manière la plus douloureuse qui fût. Dans sa recherche éperdue de la plante qui sauverait Hermès, elle n'avait pas senti le froid et l'hiver s'immiscer, lentement, presque sournoisement. Les éléments semblaient s'être unis contre elle.

Elle le savait, jamais elle ne trouverait la fameuse plante qui sauverait son fils.

C'était l'hiver, la saison où la nature s'endort, pour mieux se réveiller au printemps. C'était l'hiver, combien de temps lui faudrait-il encore patienter pour que la plante tant attendue revienne à la vie ? Combien de temps encore attendre pour que l'espoir renaisse dans les yeux d'Hermès ?

Maïa s'effondra dans ce grand manteau blanc.

***

Au bout de quelques minutes, ou quelques heures, nul ne saurait le dire, elle sentit quelque chose de chaud et humide sur son visage. Un des hommes l'avait retrouvée, gisant sur le sol, là, à l'extérieur de la grotte, et humectait sa peau avec de l'eau qu'il avait fait chauffer. Il l'avait allongée auprès d'Hermès, afin que les deux corps se réchauffent mutuellement.

Mais au matin, Maïa fut réveillée par une onde de froid sur son bras.

Elle regarda Hermès, le toucha, secoua ses larges épaules, rien n'y fit. Hermès, son fils, son enfant, ne se réveillait pas. Il lui fallait se rendre à l'évidence. Hermès s'était éteint en douceur dans ses bras, les bras de sa mère, pendant la nuit.

Durant la journée entière, le corps de Maïa fut secoué de sanglots, jusqu'à l'épuisement, jusqu'à ce qu'elle s'endorme, une dernière fois, près de son fils. Durant la nuit entière, qu'aucun sommeil ne parvint à apaiser, des sanglots, incontrôlables s'échappèrent de son corps endormi.

A son réveil, le corps d'Hermès avait disparu. Elle songea qu'elle avait peut-être rêvé et qu'Hermès était revenu à la vie, alors, remplie d'espoir, elle sortit de la grotte. Elle fut saisie par une image terrible : le visage de son fils était là, posé sur cette montagne, sur cette pierre, robuste comme lui, et s'élevait dans le bleu du ciel. Il avait retrouvé sa force, sa majesté, son imposante puissance. Il trônait, et on pouvait distinguer ses traits, qui se détachaient de la terre pour mieux s'élever et percer le ciel.

Maïa comprit que jamais aucun souffle ne viendrait réveiller ce géant de pierre.

Elle ne put se résoudre à quitter cet endroit. Un besoin irrésistible de contempler le visage de son fils, là, posé sur cette montagne, s'imposait à elle.

Les hommes, qui avaient fait ce long périple avec elle, ne parvinrent pas à la convaincre de quitter cet endroit. Ils usèrent de toute leur conviction, de tous leurs arguments, Maïa ne voulut rien entendre. D'ailleurs que pouvait-elle encore entendre ? Son chagrin l'avait tant anéantie, son seul désir était de rejoindre Hermès. Rester là, des heures, à contempler ce visage, posé sur la montagne, était sa seule consolation.

Les yeux de Maïa versèrent tant de larmes, qu'un ruisseau commença à se former, lentement, et de ces larmes, autant de fleurs, en hommage à Hermès vinrent à éclore.

Maïa resta plusieurs saisons à errer là. On dit qu'elle s'adressait souvent au visage de son fils, posé, là, sur la montagne. Les quelques bergers qui passaient, lui offraient de quoi se nourrir, elle, leur racontait son histoire. Parfois, elle apercevait des petites fleurs, plus petites qu'elles n'y paraissaient, et songeait qu'elles auraient sans doute pu sauver son fils, alors, elle les cueillait, s'en parait les cheveux, les goûtait, en enduisait son corps, en remplissait ses mains et les jetait dans l'univers comme autant d'offrandes à Hermès.

Un jour, un berger, venu lui apporter quelques vivres, la trouva allongée dans un champ de fleurs. Il s'approcha lentement et ses yeux se remplirent de larmes. Alors, il prit un brin d'herbe, entre ses deux pouces, et souffla. Un sifflement, plus puissant que jamais s'éleva de ses mains. Un à un, les bergers arrivèrent. Maïa n'était plus, elle s'en était allée rejoindre son enfant.

Afin d'honorer cette femme courageuse, cette mère aimante, ils lui firent de belles funérailles. Ils déposèrent son corps sur la montagne qui faisait face au visage de son fils, afin qu'elle puisse continuer à le contempler, à la lumière du soleil, comme à l'aura de la lune. Ils l'allongèrent, délicatement, son visage en direction de la mer, là où le jour l'avait vue naître.

Les bergers l'honorèrent en la couvrant d'innombrables fleurs, les plus belles et les plus précieuses qu'ils trouvèrent.

Allongée ainsi, sur ces crêtes, un profil de femme apparaît, qui semble se reposer à jamais. La bella addormentata, la belle endormie. Maïa.

Ils renommèrent la montagne sur laquelle était déposé le corps de Maïa du doux nom de Maiella, et la désignèrent ainsi : Montagne Mère.

Quant au grand rocher, le Gran Sasso, il fût dès lors appelé Géant de pierre.

Parfois, les deux profils ne font qu'une seule et même silhouette.

Les bergers racontent qu'aujourd'hui encore, par grand vent, on entend les râles de Maïa, ses errances dans les grottes et au pied du Gran Sasso, ses lamentations et ses pleurs pour son fils Hermès.

Pendant de longs mois, Maïa alla se recueillir au pied du Gran Sasso, pour y déverser toutes les larmes de son chagrin.

***

Ces larmes, si abondantes, continues, et interminables viennent former une source, une rivière, puis un fleuve, pour enfin se mêler en douceur à cette mer, qui la vit naître, la nourrit d'espoir, le temps d'un périple. Cette mer, comme un hommage à sa vie passée.

Ces larmes, si abondantes, continues et interminables viennent former une source, venue embellir un beau village niché dans la vallée, y apporter de l'eau pour les bêtes, pour les récoltes.

Ces larmes, si abondantes, continues et interminables viennent former une source comme pour apporter la vie, si précieuse, qu'elle ne put donner à Hermès.

*Ce récit est librement inspiré de la légende de la Maiella et du Gran Sasso. On ne sait pas vraiment où cette même légende trouve son origine, car si Hermès et Maïa sont bien deux personnages importants de la mythologie grecque, dans les multiples récits, on ne trouve aucune trace d'eux dans les Abruzzes. De même la beauté de certains lieux m'a inspiré la naissance du fleuve Pescara, ceci vient de mon seul imaginaire.

RUE DE LA TERRE

Alors, c'est entre autres, l'histoire d'Eustache, le merle indien de Rosinella.

Rosinella habite rue de la Terre. Tu peux arriver rue de la terre par la place de la Liberté. Tu vois, c'est la place ; la place principale, je ne sais pas, mais une belle place. À droite, au fond de la place, il y a une rue. C'est la rue de la Terre.

Quand tu la prends, tu as sur la gauche un petit cordonnier, mignon comme tout. Les femmes du village n'ont jamais eu autant de chaussures à faire réparer. Elles arrivent avec leur plus beau décolleté, et le projettent nonchalamment, l'air de rien, sur le comptoir, pile sous le nez du cordonnier. Il y a même quelques jeunes filles qui font exprès de marcher dans des cailloux, d'abîmer leurs chaussures pour aller le voir. Mais... il doit être timide, ou alors son esprit est ailleurs, il ne s'intéresse à aucune d'elles.

Tu avances encore un peu, il y a un four. Il parfume la rue, les lundis, mercredis et vendredis. Ce sont les jours où le boulanger décide de faire du pain, à croire qu'on ne peut en manger que ces jours-là, mais en fait, non, les pains sont si gros et bons qu'ils se conservent au moins trois jours. Ces jours-là, c'est la queue devant le four. Il n'y en a qu'une qui arrive en dernier et passe devant tout le monde. C'est Alba. Tous la laissent passer parce qu'elle boite, mais la vérité c'est que personne n'a envie de l'entendre protester ! Quand elle crie, elle fait trembler les murs, les gens en ont tellement assez d'attendre sous un soleil de plomb, qu'écouter les protestations d'Alba en plus... Ça, Alba l'a bien compris, elle en joue, et sait qu'au fond, tout le monde l'aime bien.

Si tu continues à monter, cent mètres plus loin environ, il y a un petit étal devant la porte d'une maison. Quelques oignons, quelques tomates, quelques pêches..., dans des cagettes sur une couverture par terre. C'est Pietro, il a un grand jardin, alors il vend le surplus des fruits et légumes de son potager, ceux qu'il n'a pas vendus au marché. Il est vieux et ils ne sont plus que deux avec sa femme, avant ils avaient beaucoup d'enfants, donc, maintenant, les fruits, les légumes, il en reste toujours beaucoup. Pietro n'aime pas gaspiller, et puis il aime sa terre. Il aime la travailler, la retourner, la nourrir, la semer, regarder germer les petites pousses, toucher, sentir et déguster le fruit de son travail, alors il continue à la travailler comme avant, quand ils étaient une grande famille et que seule cette terre les nourrissait. C'est ainsi qu'il la remercie, tous les jours, à toutes les saisons... Voilà.

Sinon, il y a surtout des petites maisons, des maisons de village quoi. Elles se touchent, elles sont faites de vieilles pierres, mais parfois les murs sont peints, ça dépend des envies de chacun. La rue de la terre n'est pas large une seule voiture peut y passer. Parfois entre deux maisons, il y a une ruelle où une volée d'escaliers permet d'aller sur une rue plus moderne, plus large, où les habitants, sur leur trente et un, aiment se montrer, les soirs, pendant la passeggiata.

Mais voilà, la rue de la Terre, c'est la plus vraie, la plus authentique. Les fenêtres sont toujours ouvertes car dans ce village, d'eau, de soleil et de vent, il fait bon vivre.

Les infos qui s'échappent du poste de radio de Anna, profitent à une bonne partie de la rue. Parfois, on l'entend réagir aux actualités, rire ou le plus souvent lancer un « bene », ou « nooo » On entend aussi chanter Angela quand elle prépare à manger, ou Gina crier après ses enfants, qui ne l'écoutent pas, et qui passent leur temps à faire n'importe quoi. Nino, le facteur, essaie de se concentrer et de faire naître des mélodies sur sa guitare. Il invente des paroles aussi, mais sa voix ne porte pas autant que celle des voisines !

Et puis, il y a aussi Alba, une petite bonne femme d'un mètre cinquante environ, qui adore les chats. Elle les aime tellement qu'elle respecte leur liberté. Tiens, par exemple, Vittoria elle l'adore. Et Vittoria le lui rend bien. Dès qu'elle entend Alba l'appeler, elle arrive fissa ! Il faut dire qu'Alba a toujours une bonne raison de l'appeler. Soit il est l'heure de manger, soit il est l'heure de rentrer pour la nuit.

La maison d'Alba est une maison de famille. Elle y est née, comme son père, comme son grand-père, bon, son grand-père je n'en suis pas si sûre. Mais c'est une belle maison, avec des murs épais, des voûtes dans la cuisine, avec deux pièces au sous-sol, qui n'en est pas un, parce qu'il donne sur la ruelle, autrefois, ils appelaient ça la cantine, on y entreposait les réserves de nourriture, de bois de chauffage... et à l'étage il y a deux chambres. L'une d'elles donne sur cette même ruelle ou plutôt sur cette impasse qui s'échappe de la rue de la Terre. L'autre chambre a un beau balcon qui permet de voir presque toute la rue de la Terre. Oui presque, parce que l'angle de la maison de Fazi gêne un peu. Mais bon, ça pour l'histoire, on s'en fiche.

Donc il y a la maison d'Alba, à l'angle de la rue de la Terre et de l'impasse, et à l'autre angle de l'impasse, mais toujours sur la rue de la Terre, il y a la petite épicerie de Rosinell'.

Quand on arrive devant, on ne pense pas à une épicerie, on y entre par une grosse porte double, en bois, ouverte, barrée par des rideaux anti-mouches, vous savez, ces fils de toutes les couleurs qui pendouillent et que les enfants adorent emmêler.... Bref, ça pourrait être la maison de n'importe qui dans la rue, sauf que... Si on ferme les yeux... Alors là... On est attirés comme des abeilles sur un pot de miel. Des effluves de saucissons secs, de jambons, de fromages, d'épices ... Alors on rentre, on est obligé. C'est une petite pièce sombre, dont on ne voit pas le fond. Oui, c'est sombre mais, on ne rentre pas pour regarder le fond, on rentre pour humer, sentir, se repaître, se rassasier, se nourrir. Et Rosinell' est là, derrière son petit comptoir. Elle aussi, toute petite, avec son petit tablier, modeste, petit coton sans prétention, à petites fleurs, qu'on a dû lui offrir il y a très longtemps déjà. Elle esquisse un petit sourire, toute timide, et attend.

Et là, on reste tout penaud. Tout fait envie. Les charcuteries sont là, exposées, impudiques, elles invitent à la gourmandise, les fromages, en tomes souvent entamées, en longueur, en boule, frais, secs, trempant dans leur eau ; les olives vertes, noires, mais grosses et toutes en pulpe ; on a envie de tout toucher même les haricots secs, noirs, blancs, rouges, verts, ovales, ronds, promettent de laisser en bouche des notes savoureuses après avoir trempé dans l'eau une bonne nuit. À côté, des anchois, de la morue séchée. Elle aussi affiche des notes qui augurent des parfums incroyables sous le palais. Et la mortadelle ! À mourir la mortadelle de Rosinell' ! Quand elle vient chatouiller vos narines, les frissons traversent lentement votre corps jusqu'aux mollets en passant sous la langue, par la gorge, par le ventre. Votre chair est en alerte, à l'affût d'une tranche tellement fine, transparente dentelle, à peine retenue par la pistache qui embaume le moindre recoin de votre corps et de votre esprit.

Une promesse de plaisir.

Tout est art, et tous les éléments qui sont nécessaires à cet art, sont dans cette petite échoppe, sombre, d'où s'élève le « ciao » du merle indien de Rosinell'. Un « ciao » qui ramène à la réalité.

Eustache...

Rosinell' adore les oiseaux, mais avec Eustache, c'est différent, c'est lui qui adore Rosinell'. Oui oui, il lui indique l'heure de se lever par : « buongiorno buongiorno » qu'il accompagne d'un sifflement identique à celui du réveil matin. À une certaine heure, dans la matinée, Rosinell' entend le brbr brbr brbr... de la cafetière, oui bien sûr, Eustache ne prépare pas le café, mais il lui rappelle qu'il est temps qu'elle s'en fasse un ; et il en est ainsi pour tous les bruits. Si Rosinell' prend un moment pour aller dans la réserve, dès qu'elle entend « ciao » elle sait que quelqu'un est entré dans l'épicerie, quelqu'un qui fouille désespérément des yeux la boutique, avant d'entendre un éclat de rire qui provient du bec d'Eustache. Alors Rosinell' avec son petit sourire apparaît et Eustache se tait.

Alba habite à côté. Enfin il y a juste cette ruelle qui sépare les deux maisons. Ruelle n'est pas un terme exagéré. Lorsque les voisins s'installent sur les escaliers, de part et d'autre de cette ruelle, leurs pieds peuvent se toucher, pour peu qu'ils chaussent un peu trop grand.

Donc Alba habite à un mètre environ de chez Rosinell', de l'autre côté de la ruelle. Alba aime bien les oiseaux, mais les animaux qu'elle préfère ce sont les chats. Elle a toujours eu des chats. Et on entend régulièrement la voix cristalline, fine et stridente d'Alba appeler ses chats. Alba est toute petite, en taille seulement. La fenêtre de sa cuisine est très haute. Alors quand elle veut appeler ses chats, elle monte sur un tabouret, puis sur l'évier de pierre, s'accroche à la fenêtre et crie : « Leeeeooooo... Leeeeooooo... Leeeeooooo... ».

Longtemps Leo a été son plus fidèle ami, mais quand, par un triste jour, il disparaît, sa peine est tellement grande, sa solitude tellement pesante, qu'elle prend un autre chat. Enfin ce n'est pas tout à fait ça. Un jour, elle a entendu un bébé chat miauler devant sa porte. Elle l'a regardé. Le chaton a plongé ses yeux dans les siens, et à cet instant précis, l'un et l'autre ont su qu'une belle rencontre s'était produite.

Le chaton est venu manger régulièrement devant les deux marches de la maison d'Alba, et petit à petit lorsqu'il a été assez en confiance et assez grand, il a franchi les deux marches, le pas de la porte, et a fait sienne la maison d'Alba.

Le chaton a grandi et est devenu une belle petite chatte. Oui bon, on ne dit pas la chatonne alors certains d'entre vous ont peut-être cru que c'était un mâle mais non, c'est bien d'une femelle qu'on parle, et Alba s'empresse de la baptiser Vittoria. Oui, cette chatte c'est sa victoire, celle qui l'a reconnue, celle qui l'a choisie. Toutes les nuits, Vittoria dort chez Alba. Le matin Alba ouvre les volets, la porte, et laisse Vittoria aller vagabonder dans les vieilles ruelles du village. À midi, le soir, elle l'appelle : « Vittoooria !!! Vittoooria !!! » puis « Tooooria !!! Tooooriaaa !!! » pour lui indiquer que sa gamelle est pleine ou qu'il est temps de rentrer pour la nuit.

En fait, il y a une petite anecdote qui est restée gravée dans l'esprit des habitants de la rue de la terre. Alors voilà.

Avec le temps, quand Alba appelle Vittoria, elle crie Toooria ! C'est bien plus court et plus rapide que « Vittoria ». Et quand Alba crie à tue-tête « Toooria ! », l'écho de sa voix résonne dans toute la rue et dans toutes les ruelles adjacentes, jusqu'à ce que Vittoria rentre. Tous se sont habitués à ces appels d'Alba, ils font partie des bruits de la rue. Ne pas les entendre inquiéterait les habitants, tout comme trop les entendre d'ailleurs, et c'est ce qui s'est produit un jour.

« Tooooria, Tooooria, Tooooria, Tooooria... ».

Là, Rosinella commence à se préoccuper sérieusement « ... mais qu'est-ce qui se passe la chatte d'Alba n'est toujours pas rentrée pour manger ? » s'interroge-t-elle, et elle s'apprête à sortir pour s'enquérir de la situation lorsqu'Alba surgit, furieuse, à travers les lanières du rideau de l'épicerie.

- Rosinell' !

- Ciao Alba !

- Rosinell', s'il te plaît, on est en train de devenir folles avec Vittoria ! La pauvre chatte ne comprend plus rien ! Elle tourne la tête dans tous les sens et là elle a commencé à courir en rond et ne veut plus s'arrêter.

- Mais elle est rentrée ?

- Mais bien sûr et depuis longtemps ! Si seulement tu pouvais faire taire Eustache !

Rosinella comprend à ce moment-là que ce n'est pas Alba qui s'époumone à appeler Vittoria mais bien Eustache, le merle indien qui crie sans discontinuer : « Toooria !!! Tooria !!! ».

Pendant un certain temps, les fils de Rosinell' ont entraîné Eustache à répéter d'autres sons, comme celui de la radio, que Rosinell' laisse allumée, exprès. C'est ainsi également qu'il s'est mis à crier le nom de la voisine, Violetta, que la mère appelle inlassablement, ou même le gingle des infos de la radio, ou encore les jurons que pousse Marco, lorsqu'il a trop bu et qu'il rentre chez lui. Une récompense pour Eustache chaque fois qu'il dit autre chose que « Toooria !!! ».

Un jour pourtant le merle indien se tait, on ne l'entend plus crier « Toria », ni même « Violetta », ni le gingle, ni les jurons...On n'entend plus qu'Alba le soir appeler la chatte pour qu'elle vienne manger tranquillement et passer la nuit à la maison.

La rue est devenue calme, certains trouvent qu'il y a moins de vie qu'avant, Rosinella broie du noir et se sent seule depuis qu'a disparu cette compagnie qui l'amusait tant, et que, presque au même moment, ses enfants s'en sont allés vivre leur vie par-delà les ruelles du village.

Par un bel après-midi d'été, quelqu'un de mal intentionné a peut-être dérobé et emporté avec lui Eustache. Rosinell' ne voit pas d'autre explication, Eustache ne serait jamais parti de lui-même.

Un jour pourtant, alors que le village s'est totalement endormi sous une chape de soleil de plomb, et que seules les respirations fortes de la sieste rythment l'après-midi, Rosinella décide de faire un tour et de se balader dans le village. Ce sont, pour elle, les seuls moments de liberté qu'elle s'octroie, où elle s'autorise à ne pas être dans sa boutique, et à flâner dans le village désert.

Sans s'en apercevoir, Rosinella s'est un peu éloignée des rues qu'elle fréquente d'habitude, et à un moment donné, peut-être parce qu'elle parle un peu fort ou peut-être simplement parce qu'elle a salué une voisine, l'histoire ne le dit pas, elle entend « Toooria ! ».

Alors les yeux de Rosinella se mettent à pétiller et à fouiller fenêtres et toits. Elle regarde tout autour d'elle, et elle voit sur une terrasse, en haut d'un petit immeuble, le merle noir qui se rappelle à elle. Alors elle se met à sourire, presque à rire ! Il est là, c'est bien lui ! Elle se met à frapper d'abord timidement puis avec de plus en plus de force à la porte pour récupérer son merle. Ses coups résonnent dans la rue, mais la porte ne s'ouvre pas. Et tout à coup, elle sent quelque chose. Le merle est venu se poser sur son épaule, et lance un « Ciao » de sa plus belle voix.

Rosinella regagne très vite sa boutique. Elle lui prépare son repas préféré, petit mélange de saucisson, mortadelle et fruits. Plus question qu'il s'en aille. Devant le bonheur retrouvé de Rosinella, chaque fois que le merle parle, tous s'exclament : « Bravo Eustache ».

Rosinella ne manque pas de dire à tous ceux qui franchissent le pas de sa boutique, combien Eustache a été malin, intelligent, et comment il s'est fait reconnaître pour revenir dans sa vraie maison, celle-ci.

« Bravo Eustache ! »

C'est la phrase, maintenant, que répète inlassablement Eustache, et la chatte Vittoria a enfin retrouvé sa tranquillité !

Voilà.

Rosinella n'est plus.

Alba s'en est allée un triste jour ensoleillé de septembre. Les chats étaient présents. Presque tous les chats du village se sont rassemblés pour lui faire un dernier adieu, même une chatte et ses chatons, petite famille noire et blanche, l'ont accompagnée à sa dernière demeure.

Le cordonnier a fermé sa boutique depuis longtemps, son indifférence aux décolletés a eu raison de son commerce, il a bien vieilli aussi, mais a gardé tout son charme, et quelques nostalgiques se souviennent de lui.

Il n'y a plus aucune cagette par terre, le vieil homme et sa femme sont partis rejoindre leur grande famille, là-haut, dans les étoiles. Quelques paysans encore, de moins en moins nombreux, vendent le fruit de leur labeur sur le marché, le jeudi matin.

Le four s'est éteint et le boulanger s'est déplacé, il s'est aussi diversifié. Maintenant il fait du pain tous les jours et beaucoup de petits gâteaux aussi, il fait même des baguettes pour faire plaisir aux touristes français, qui eux préfèrent les bons vieux pains d'avant. Les volets de Gina, d'Angela, de Nino se sont clos à jamais.

La rue de la Terre est devenue calme, bien trop calme.

AUBERGINES AU CHOCOLAT

Le train de Milan a du retard

Le soleil cogne sur les pavés. Le trajet est long jusque chez Nonna Annina. Le train de Milan a eu du retard à cause des attentats en gare de Bologne. Sensation étrange. Ce rendez-vous avec le soleil, chaque été, prend des allures funestes. Des morts, oui, beaucoup de morts. Papa dit qu'on l'a échappée belle, moi je ne trouve pas. On reste là, spectateurs impuissants de ce qui aurait pu être notre propre mort, mais qui, à vie, laissera un goût amer.

Personne à la gare pour nous attendre. D'habitude, c'est un cousin de maman qui vient nous chercher et qui charge les valises dans sa voiture. Papa s'assoit avec lui à l'avant, maman, mes frères et moi on s'entasse à l'arrière.

Personne à la gare.

Le train de Milan a eu du retard. Il y a eu un attentat en gare de Bologne.

Dans la famille, personne n'est bavard, mais là, le trajet harassant a eu raison de nous. On entend juste nos souffles sous ce soleil de plomb. Les valises sont lourdes. Papa en porte deux, maman aussi, mes frères et moi on en a juste une, mais lourde, qu'on fait passer d'une main à l'autre. On est là pour un mois seulement, plus exactement vingt-huit jours, après, papa reprend le travail, en France, il travaille dans la sidérurgie. A chaque pas, je me demande ce qu'il y a dans ces valises si lourdes. A chaque pas je me souviens : café sucre farine, chicorée, maillots Damart pour Nonna Annina, pour l'hiver, ici c'est toujours très humide, des charentaises pour Nonno Nino. Il les adore et les met même pour sortir, alors on lui en apporte chaque année plusieurs paires. Papa a mis quelques outils dans une valise aussi, il doit réparer la porte de la grange, elle a cédé, il faut dire qu'elle est plutôt très vieille, il n'est pas sûr de pouvoir la réparer, c'est pour ça qu'il a apporté ses outils et quelques trucs très lourds qu'il a trouvés à l'usine.

Le train de Milan a eu du retard. Moi j'ai prié, prié très fort pour les blessés et l'âme des morts.

J'ai embrassé Nonna Annina et Nonno Nino. J'ai repris les habitudes auxquelles je suis tellement attachée. J'ai pris le pichet et je suis allée le remplir à la fontaine, juste là, dehors. L'eau est fraîche. Petit bruit de vie, à l'heure où certains sont déjà à la sieste.

L'eau provient directement des sources. On dit que cinq sources naissent dans le village, c'est pour ça que pour moi, ce bruit, c'est celui de la vie. Les fontaines animent le village à longueur de journée et de nuit. Elles accompagnent de leur son cristallin l'heure du réveil, nous bercent au moment de la sieste et apaisent nos nuits. Elles sont comme un chant ininterrompu qui me fait sentir moins seule, ou plutôt qui accompagne ma solitude et fleurit mes multiples jardins secrets.

L'eau est partout. Dans un bassin, sur la place du village, des carpes y dansent, inlassablement, elle coule des fontaines, elle traverse le village en de nombreux endroits.

J'aime regarder du haut des ponts les rivières qui grossissent et qui se transforment, sous mes yeux, en fleuves. Je ne me lasse pas de ce spectacle. Les gens empruntent ces ponts et ne regardent plus, mais moi, ces roseaux, là, qui dansent devant moi, me fascinent. Ils

m'emportent loin. *Ils dessinent des formes in-*
connues, livrent leurs nuances de verts, empri-
sonnent et protègent à la fois ces truites, qui
poursuivent leurs chemins. Alors j'imagine une
belle inconnue, on ne la voit pas, tellement ses
cheveux sont longs et se déploient. Elle est là,
on aimerait la sauver, mais elle ne le désire
pas. Des saules déversent leurs branches à cet
endroit. Ils veulent lui venir en aide mais elle
refuse de saisir leurs bras. Il n'est plus belle
poésie que de rester là, quand le village s'en-
dort, à regarder s'agiter ces fils verts, le visage
étourdi par ce vent de l'après -midi.

Oui parce que dans mon village, le vent
souffle tous les après-midis. De quatorze
heures à dix-huit heures environ.

*****

Nonna Annina a entendu leurs pas sur
les pavés. Elle ouvre la porte.

Nonno Nino a commencé à manger. Il
les embrassera plus tard. Dans la famille on
est plutôt timides de ses sentiments. On n'a
jamais montré qu'on s'aimait. Pourquoi com-
mencer aujourd'hui ?

Nonna Annina donne la première accolade de l'été, une à l'arrivée, l'autre au départ, toujours silencieusement. Ses yeux brillent de quelques larmes qui ne parviennent pas à couler. Juste ce qu'il faut pour leur montrer qu'elle les aime. Ne jamais s'épancher. C'est ce qu'on lui a appris, c'est ce qu'elle leur a transmis.

La maison est petite. Elle est située dans le centre du village, ce centre historique où les bombardements de l'ancienne guerre ont improvisé une place au milieu de toutes ces vieilles constructions. La maison, elle, a résisté. Ses murs sont larges, ses fenêtres étroites. Elle a résisté, et dans la famille, on sait pourquoi.

C'est le grand-père de Nonna Annina qui l'a construite, pierre après pierre. Il se dit qu'il a passé des jours et des nuits à creuser ses fondations, qu'il a trouvé dans un vieux chiffon usé par le temps, une Madone, intacte, et trois pièces d'or, un trésor laissé par on ne sait qui. Il a su à ce moment-là, que c'est en cet endroit précis qu'il devait construire sa maison, qu'il ne s'était pas trompé. Alors, il a redoublé d'efforts, a choisi dans les montagnes environnantes ses pierres, une à une, les a portées dans sa charrette, traînée par son seul et unique âne, jusqu'à la Madone et a commencé à construire. Sous les fondations, il a laissé la Madone. Il y a enterré aussi ses trois pièces d'or, comme un don à cette statuette qui protègerait, il en était sûr, sa maison. Et l'avenir lui a donné raison. Elle a résisté aux inondations de 1909, qui avaient mis à terre plusieurs bâtiments, elle était restée debout, face aux bombardements de l'ennemi.

La maison a deux étages. On accède par un escalier en pierres, étroit, à l'intérieur, à une petite cuisine, modeste, meublée d'une table et d'un buffet. Au fond, des toilettes turques, avec une palette en bois, contre le mur, qu'on baisse pour prendre une douche. Un autre escalier mène sur deux chambres en enfilade, sans porte.

Pendant que les parents parlent, Anna et ses frères montent les valises. Ils rangeront plus tard leurs affaires comme ils peuvent, sur les quelques étagères creusées dans un mur que Nonna Annina a libérées pour eux.

Le silence a envahi la cuisine. C'est Nonno Nino qui s'adresse à tous, mais ne semble s'adresser à personne.

- Demain il y a une messe pour les victimes des attentats de Bologne.

Personne ne trouve rien à ajouter. Bien évidemment, ils iront.

Nonna Annina a rempli les assiettes. Les pâtes sont excellentes, comme d'habitude. Le sugo a la saveur du soleil. Il enchante les papilles. Maman prépare pourtant des pâtes tous les jours, là-bas, en France, mais jamais elles n'ont ce goût. Oui, elles sont bonnes, mais on n'y retrouve pas ces effluves ensoleillés, tellement caractéristiques du Sud.

Anna ferme les yeux, sous son palais, elle ressent le travail de Nonna Annina, qui a pétri, étalé, découpé sa pâte. Sa générosité est là. Elle ne parle pas, mais son amour s'exprime dans sa cuisine.

Nonno Nino verse le vin qu'il a extrait de ses quelques pieds de vigne, pour leur souhaiter la bienvenue. Ce vin, il ne le sort qu'en quelques rares occasions. Celle-ci en est une.

La fatigue, le vin, la chaleur... les paupières d'Anna se ferment lentement. Elle lutte avec elle-même, elle chérit tellement ces moments de retrouvailles où le temps semble avoir fait une pause. Elle est dans un entre deux, les voix autour d'elle s'estompent, elles lui arrivent, de plus en plus lointaines, son corps se relâche, sa tête devient lourde. Des esquisses de rêve, le bruit du train sur les rails, les paysages défilent devant elle. Elle ressent la chaleur du soleil à travers les vitres, elle ne peut que garder les yeux fermés, elle lutte pourtant...

*****

La foule se presse à l'entrée de l'église. Le village entier semble être venu saluer les victimes des attentats. Anna regarde autour d'elle.

Il y a aussi le groupe de jeunes qu'elle voit tous les étés, tellement différents d'elle et de ses frères. Ils ont l'air si légers d'habitude, insouciants, heureux. Parmi eux, des enfants d'immigrés, comme elle. Enfin pas tout à fait... eux ont réussi à se faire des amis dans ce village, des amis qu'ils revoient tous les étés, mais elle, non. Pourquoi ? Elle ne sait pas. Ils ont à peu près son âge, seize, dix-sept, dix-huit, vingt ans peut-être pour certains... Sans doute est-elle trop insignifiante pour eux.

Aujourd'hui, tous ces jeunes sont là. Jamais elle n'aurait pensé qu'ils puissent assister à une telle cérémonie. D'habitude, la tristesse ne fait pas partie de leur monde.

Tout le monde est installé dans cette église, pour l'occasion, la messe se fait dans la plus grande du village. L'église est bondée. Anna se tourne. Au fond, il y a des personnes debout. Le prêtre parle, initie sa messe. En partie en italien, en partie en latin. Il rappelle les tragiques événements, il semble très touché, très ému, il évoque sa rencontre, son amitié avec les personnes du village, qui auraient dû prier avec eux ce matin. Cette famille qui pensait venir comme tous les étés, ici, au village, et qui n'est jamais arrivée, comme tant d'autres, dit-il. Il évoque les enfants de cette famille, et puis tous ces innocents. Parfois, une pointe de colère dans la voix du prêtre, qu'il réprime comme il peut. Et puis de la tristesse, un chagrin infini. Anna n'a jamais ressenti une telle proximité avec un homme d'église, une telle sensibilité, une si grande et perceptible humanité. C'est ce qui l'émeut et la touche le plus. Les larmes coulent sur ses joues devant le désarroi de cet homme, si fort d'habitude.

Anna entend du bruit derrière elle, elle n'avait pas vu. C'est le groupe de jeunes. Certains pleurent. Ils ont perdu un ou une amie. Ils se soutiennent. Ce garçon aux yeux clairs, qui semble tout droit sorti d'un film, soutient une jeune fille près de lui. Elle a mis sa tête sur son épaule, rien ne peut la consoler.

Le prêtre s'adresse à l'assemblée.

- Accueillez-vous...

Les personnes se serrent la main, s'embrassent ou se font une accolade. Anna se tourne vers le groupe d'amis. Ils ne la voient pas. Même ces événements tragiques ne la rapprochent pas d'eux.

*****

Anna reprend ses habitudes, comme toutes les années. Avec ses parents, ils vont visiter toutes les vieilles tantes. Un rituel interminable. Un paquet de café pour l'une, un kilo de sucre pour l'autre. Chaque fois, ils sont invités à s'asseoir. La tante, ou la cousine fait un café et met sur la table des gâteaux secs, préparés pour l'occasion.

Dans ces vieilles maisons, les murs épais sont imprégnés des odeurs du passé, de plusieurs générations. Ils ont gardé en mémoire les effluves des sauces longuement mijotées, des bocaux de tomates qu'on stérilise, pour faire des réserves pour une année ou plus, des jambons accrochés aux voûtes du plafond, du fromage de brebis qui a séché lentement sur les buffets, des conserves de légumes parfumées au laurier et au romarin...

Chaque fois, il faut manger, boire, un café ou une orangeade bon marché. La tante Maria, ce n'est pas la seule, rince chaque fois les tasses ou les verres avant de servir, encore plus propre que propre. C'est sa façon à elle de montrer qu'elle respecte ce qu'ils sont devenus ; la famille de France, petit prestige. Tous s'imaginent que la vie là-bas est différente, et oui, elle l'est à bien des égards, mais qui peut dire si elle est plus belle ici ou ailleurs ?

Et les lamentations pleuvent. Chacun raconte ses problèmes de santé, ses deuils, la vieillesse, de plus en plus difficile à vivre, les problèmes d'argent, puis vantent la bonne mine des enfants, leur éducation et leur tenue parfaites. Anna sent se déposer lentement sur elle, l'odeur et le poids du passé.

Une heure est passée, il est temps de repartir. C'était une visite de courtoisie dont il ne restera pas grand-chose, si ce n'est un paquet de café ou un kilo de sucre.

Ici, ils n'ont pas de voiture. Ils se déplacent à pied, mais le village est petit.

Les jeunes sont là, sur un banc. Il y en a un qui joue de la guitare, d'autres l'accompagnent en chantant. Comment pourraient-ils la regarder ? Elle est avec ses parents. Tellement différente. Pourtant, comme les autres filles, elle vient de France. Comment ont-elles fait pour devenir leurs amies ? C'est vrai que là, avec les parents qui marchent à côté, ce n'est pas simple, mais il lui arrive aussi de sortir uniquement avec ses frères, pourtant, ils ne se sont jamais adressés la parole.

- Regarde comment elles sont habillées, on dirait que leurs parents n'ont pas de quoi leur acheter des vêtements. Et ça fume, ça fume.

Le père s'arrête à hauteur du groupe. Il se pense doté de l'autorité qu'on accorde aux plus anciens, naturellement. Mais les jeunes le regardent, ils rient.

La mère le tire par la manche.

- Allez viens, ils verront ça avec leurs parents. D'ailleurs ils feraient bien de les surveiller un peu plus...

- Mais c'est les filles de qui ?

La mère prononce à voix haute les noms de familles des jeunes filles, qui éclatent de rire, et font signe de trinquer, leur bouteille de bière à la main.

Pour Anna c'en est fini. Si secrètement elle voulait leur ressembler, les connaître, les sorties avec ses parents ont enterré tous ses rêves.

Anna se regarde dans le reflet des vitrines. Elle n'a pas leur aisance. Est-ce que ça vient de la manière dont elle s'habille ? C'est vrai, ses parents lui interdisent de porter des jeans, et ses petites robes bon marché à fleurs sont toujours un peu trop grandes. C'est sa mère qui les fait ou parfois les achète. Elle a pris l'habitude de prendre chaque fois une taille au-dessus pour que les vêtements, profitent plus longtemps, mais le temps a passé, et sa taille reste la même. Seuls les vêtements sont trop grands. Sa mère a aussi pris l'habitude de lui couper les cheveux, petite. Ils sont tellement indisciplinés ! Alors, plutôt que de coiffer, on coupe, comme ça vient. Le coiffeur est trop cher, et en plus, elle est trop jeune pour y aller. Dans le quartier, ce sont les femmes qui y vont, pour les occasions.

Dans sa petite ville, là-bas en France, Anna n'a jamais senti vraiment la différence avec les autres. Il faut dire que les habitants de son quartier n'ont pas beaucoup de moyens. Le gris de la sidérurgie a obstrué une partie de leur horizon. Le travail est rude. Elle le voit le soir, quand son père rentre. Il est fatigué, se pose un moment sur une chaise, il n'y a pas de canapé ni de fauteuil chez eux, il prend un verre et ferme un peu les yeux. Personne ne fait de bruit autour de lui. Tous respectent, tous savent combien il est difficile de travailler là-bas.

Anna a visité l'usine, un jour, avec l'école. Une boule s'est formée dans son ventre au fil des pas qui la conduisaient dans cet enfer. Des hommes, casqués, englués dans la noirceur, sans plus aucune étincelle dans leurs yeux, du bruit, des coups qui martèlent incessamment leurs tympans, une poussière épaisse vient pénétrer leurs poumons, et les fours crachent des flammes qui semblent les appeler. L'homme, dépourvu de son âme, devenu outil, là pour la machine qui attend le meilleur moment pour le happer. La sidérurgie, c'est ce à quoi on prépare les fils de ces familles, autant qu'ils en aient une idée, très jeunes. Le professeur en parle avec aisance, fierté. Il vante le produit. Un peu comme dans une publicité. Anna, elle, se sent enfermée, piégée, aussi dans ses pensées. Cet enfer gris a englouti jusqu'à ses rêves. Une vie meilleure ? Qu'est-ce donc ? Un canapé ? Et puis, qu'est-ce que ça changerait ?

A la maison, il n'y a pas de place pour la légèreté, la poussière, si lourde, de la sidérurgie s'est comme déposée sur leurs personnes, sur leurs rêves, limitant toute joie de vivre, toute vie.

Oui, bien sûr, comme tous leurs voisins, ils sortent parfois le soir, devant chez eux. Les mères prennent une chaise, tricotent, font du crochet..., les hommes jouent parfois aux boules, et partagent le vin bon marché qu'ils apportent tour à tour, quant aux enfants, certains osent défier les adultes et s'échappent avec leur petit ami, mais Anna et ses frères restent, là, à discuter, parfois à jouer à ces parties de cartes, interminables et monotones. Ces journées de fin de printemps apportent du baume au cœur. Tout ça ne durera pas, l'été les dispersera, souvent dans les familles qu'ils ont quittées à l'étranger, et dès septembre, le long cycle hivernal débutera.

Les parents d'Anna ne s'accordent aucune distraction, ils ne sont pourtant pas les plus mal lotis, la mère d'Anna a trouvé quelques heures de ménage à faire chez des particuliers. Mais l'argent est compté. Il ira au village, pour aider Nonna Annina et Nonno Nino. Il serait tellement indécent de dépenser plus ! Pour le père d'Anna, c'est une question de respect, on donne, avant de s'offrir quoi que ce soit.

Anna peine à imaginer son père plus jeune. Jamais il ne semble s'être offert le luxe de l'insouciance, jamais il n'évoque des moments de joies, de jeux, il a banni toutes ces notions de son univers, pire, il l'impose aux siens. De son enfance, de sa jeunesse, ses enfants ne connaissent que peu de détails ; ses efforts au travail, ses journées de seize heures à travailler la terre, le travail, la faim, la terre, la fatigue, la faim, la terre, le corps meurtri et douloureux, la terre, la pauvreté... Mais Alfredo n'en parle que rarement. De cette époque, il a gardé le sens de l'effort, la nécessité de l'effort, l'affront de la légèreté.

Alors, lorsque Anna voit ces jeunes, assis là, à la « villa », elle se demande quelle est leur vie là-bas. Dans quel univers vivent-ils, pire, vivent-elles ? Car les filles sont aussi libres que les garçons. Elle sait que certains, la plupart d'entre eux, habitent des régions minières. Elle a bien entendu parler des mines, du travail harassant des hommes, du manque d'argent, de leur vie un peu similaire à la leur, alors pourquoi sont-ils si différents ?

Une fois, lors d'une procession, elle a même vu la mère de deux de ces jeunes filles, très élégamment vêtue, leur faire un signe de la main. Isolée, la scène aurait pu faire partie d'un défilé de mode plutôt que d'une procession, d'ailleurs ses filles ne s'y étaient pas trompées, elles riaient, là sur le bord de la route, fières et amusées à la fois de regarder leur mère, croyante, mais que l'église n'avait pas réussi à assombrir malgré les épreuves de la vie. Cette femme, cette Dame, Anna l'a souvent vue sortir du magasin le plus chic du village, chargée de sacs de pâtisseries, sortir de chez le boucher, les bras lourds de sacs remplis de bonne chair. Pour la famille de Anna la viande, on n'en mange que le dimanche, et encore pas tous les dimanches. Pourquoi leur vie est-elle si différente ?

Comme cette femme est belle et élégante. Elle est souriante aussi, et s'arrête volontiers devant le groupe de jeunes pour parler à ses filles. Elle, si apprêtée, se fiche de l'allure de ses filles. On dirait qu'elle ne remarque pas les sabots aux pieds de l'une, les compensés de seize centimètres de l'autre, la cigarette que la plus jeune a tendue discrètement à un garçon, le foulard déchiré de la plus jeune, la mini-jupe de l'aînée. Ces tenues seraient inconcevables pour les parents de Anna, mais cette dame ne les voit même pas, elles sont transparentes à ses yeux. Elle, ne remarque que ses filles, l'essentiel est juste l'amour qu'elle leur porte.

Tous la regardent avec respect.

Anna se plaît parfois à s'imaginer dans cette autre existence, tellement plus légère, mais très vite, la culpabilité la rattrape, et elle s'en veut d'avoir voulu renier ses parents, dans sa tête, ne serait-ce qu'un seul instant.

Cette jeune fille, à peine sortie de l'adolescence, aime rester souvent dehors, assise, là, sur ces quelques marches, pas très loin de ses grands-parents. Elle n'a pas besoin de beaucoup plus. Elle se laisse réchauffer par le soleil, et les bruits du quotidien sont devenus une mélodie, qui l'amuse, qui l'anime, qui la berce. Dans ces moments-là, elle goûte sa solitude, s'imprègne de ce village qu'elle aime tant. Elle a surpris des bribes de conversation, ils voudraient la garder auprès d'eux, pour « après ».

Elle, elle est partagée entre le bonheur de rester dans ce berceau familial, loin de la grisaille, la peur de ne pas y trouver sa place en dehors des périodes des vacances, l'excitation et l'appréhension d'une nouvelle vie. De ce beau petit village pour l'instant, elle ne voit que le soleil, bercé par le vent les après-midis.

Rien n'a encore vraiment été décidé, mais Anna sait que ce jour viendra.

Anna s'imagine déjà, mariée, avec une flopée de bambins, tricotant, là dehors, avec ses voisines, ou préparant les tomates pour les bocaux, ou encore écossant les petits pois. Oh non, ses rêves ne sont pas extraordinaires, mais ce sont les siens, simples, pas très ambitieux, mais magnifiques tout de même.

***

Un garçon, ou plutôt un homme, la regarde, intensément. Elle le voit, à la messe surtout. Elle sent son regard sur ses épaules, et des frissons parcourent son corps, est-ce ainsi l'amour ? Il ne s'installe jamais à côté d'elle, mais toujours, quelques bancs plus loin, derrière. Il n'essaie pas de lui parler, et, lorsque la messe se termine, elle le voit s'éloigner, avec sa canne. Elle pourrait mettre ça sur le compte de la timidité, mais non, il y a autre chose. Pourquoi ne lui parle-t-il pas ? Elle aimerait bien lui parler, elle, mais, chaque fois qu'elle veut essayer, il a déjà quitté l'église. Parfois dans la rue, elle sent son regard. Elle s'est habituée à cette sensation et ressent comme un manque lorsqu'il ne vient pas à l'église.

Et puis, un jour, il n'est plus là. Elle ignore pourquoi et n'ose en parler à personne, mais se surprend, le soir, à rechercher cette sensation qu'elle éprouvait lorsqu'elle sentait son regard se poser sur elle.

L'odeur de naphtaline est entêtante.

La fin d'un été. Anna n'est pas repartie. Anna est restée, Nonno Nino n'est pas en forme, Anna est restée pour aider Nonna Annina. Maman a dit que ce serait juste pour quelques semaines. Et l'automne est arrivé, puis l'hiver et plusieurs saisons encore, combien ? Dix, quinze, elle ne saurait le dire. Lentement, l'horizon s'estompe.

L'odeur de naphtaline est entêtante. Anna a fouillé dans les placards à la recherche de draps propres. Elle veut refaire le lit de Nonno Nino avant l'arrivée du médecin.

Ceux-ci feront l'affaire. Ils ont été brodés par Nonna Annina, quand elle était jeune. Ils font partie de son trousseau. Elle les a si peu utilisés ! On ne gaspille pas, on n'abîme pas. Ils sont en coton, d'un coton épais, rêche, tellement caractéristique des draps d'antan. On ne les utilise que pour les occasions, ils feront partie plus tard du trousseau d'Anna ou plutôt des souvenirs, précieux, qu'elle gardera de ses grands-parents.

L'odeur de naphtaline est entêtante. Anna prend le pot de chambre, mis à la disposition de Nonno Nino, et va le nettoyer dans les toilettes en bas. Il ne peut plus descendre, il n'en a plus la force.

Odeurs mêlées de vieux, d'urine, d'excréments. Elles se sont installées dans la maison, pénétrant tous les vêtements, tous les aliments. Anna ouvre régulièrement les fenêtres mais rien ne parvient à les masquer. Elle se lave les mains, encore et encore, va jusqu'à la petite fontaine, s'y lave les bras, abondamment, rien n'y fait. Elle se sent. Elle est imprégnée de maladie. Nonno Nino, elle l'adore, pourtant elle n'arrive plus à l'embrasser, la mort a déjà déposé un voile transparent sur lui.

La sauce tomate de Nonna Annina a perdu ses promesses de vacances, le plaisir a délaissé les papilles d'Anna. En haut, on entend Nonno Nino qui peine à respirer. Une quinte de toux. Besoin de cracher. Anna monte.

L'odeur de naphtaline est entêtante.

L'humidité de l'hiver a eu raison de la santé de Nonno Nino. Il s'en est allé paisiblement un quatorze février. Anna l'a trouvé l'après-midi. Froid. Dans son lit. Ses yeux étaient ouverts, sa bouche entr'ouverte, peut-être était-il en train de les appeler, ou de dire adieu à la vie, pense-t-elle.

Ces dernières années ont été si difficiles, mais ces derniers mois, pire encore. L'entourage se console en répétant que c'est un soulagement. Mais pour qui ? Que sait-on de ce qu'il y a là-bas ? Nonna Annina dit qu'il sera accueilli par Dieu, mais est-ce qu'au moins elle connaît les péchés de Nonno Nino ? Que sait-on de ses mois de guerre ? Il n'en parle jamais. Anna s'est toujours demandé pourquoi. Par pudeur peut-être. Et si c'était par honte ? Comme les adultes paraissent ingénus parfois... Ils s'accrochent à des moments de vie qu'ils font leurs, des souvenirs qu'ils transforment et y restent agrippés jusqu'à la fin. Pas seulement aux bons souvenirs d'ailleurs. Ils n'embellissent pas forcément leur histoire, ils aiment même parfois y rajouter un brin d'autodérision, de drame, mais pas de honte. Jamais. Pas de couardise. Pourtant il est tellement humain de se tromper, pire encore, la méchanceté est humaine, la violence est humaine, la malveillance est humaine. Nos proches seraient-ils tous des héros et les autres les mauvais, et nous dans tout ça ?

Anna est perdue dans ses réflexions, elle n'a pas vu arriver les femmes en noir. Elles la regardent de manière étrange. Elles ont toutes apporté leur chaise et se sont installées autour du lit. L'une d'elle a même poussé, comme par inadvertance, Anna.

Anna quitte la chambre. Sa grand-mère est là, en bas, elle prépare le café.

- Il faut avertir tes parents, Anna, prends les jetons que j'avais mis de côté et va à la cabine.

Anna est étonnée, triste, en colère. Nonna Annina s'était préparée, pas elle. Se pouvait-il qu'elle seule n'ait pas vu ce qui se passait, là, sous ses yeux ? Se pouvait-il qu'elle seule soit aussi naïve, qu'elle seule ne réalise que maintenant ?

C'est sans doute pour cette raison que sa mère n'a pas compris tout de suite ses mots, noyés dans un torrent de larmes et de sanglots, mais qu'elle en a instinctivement saisi le sens. Anna n'a pas pu retenir ses pleurs en entendant la voix de sa mère.

- Tu viens quand maman ?

- J'essaierai de prendre un train demain.

Anna est restée dans la cuisine toute la nuit, bercée par les prières et les râles des pleureuses. Elle n'a pas réussi à fuir dans son imaginaire, ses pensées sont comme enfermées dans un gouffre profond dont elles ne peuvent s'extraire. Parfois une idée, toujours la même, la fait sursauter. « Est-ce qu'elle a eu le temps de sauter dans le train de vingt heures ? ». Anna a hâte que sa mère arrive. Nonna Annina a dit qu'on l'attendrait pour les funérailles. Heureusement, on est en hiver, le corps est moins abîmé par la chaleur. Pourtant, les pleureuses ont toutes un mouchoir empreint d'un parfum qui amoindrit l'odeur de la mort.

Comment sera l'avenir ? Anna peine à se projeter. Sans doute devra-t-elle rester ici pour s'occuper de Nonna Annina qui a vieilli davantage encore pendant la maladie de Nonno Nino.

Et de sa vie à elle, qu'en est-il ? Qui y pense ? L'idée d'être mère à son tour s'éloigne lentement. A quoi bon offrir ce genre de vie à un enfant ?

Les commerces ont baissé leurs stores, fermé leurs volets, pour laisser passer le cortège funèbre.

Tous suivent, à pied. Le noir est de circonstance. On pleure. Une vie qui s'en va, la peur de l'inconnu, de la vie autrement ?

Anna pleure la vie qu'on lui vole.

La passeggiata

La passeggiata, c'est la promenade, toujours le même parcours, plusieurs fois, toujours les mêmes visages qui se croisent, au même endroit. Certains se promènent dans un sens, d'autres dans l'autre sens.

Comme très souvent, les soirs d'été, Anna se promène, le soir, avec une cousine et sa mère. Comme il est bon de goûter un peu de fraîcheur. Le village s'éveille à la vie après s'être assoupi l'après-midi. Certains dégustent une bière sur la terrasse d'un café, d'autres préfèrent le gelato, le temps de la passeggiata.

Anna se retourne. Elle a ressenti sur elle LE regard, celui qui la faisait frissonner à l'église. Beaucoup de monde derrière, mais pas lui. Comme c'est étrange.

A nouveau cette sensation.

Toujours personne.

- Anna, qu'est-ce qui se passe ?

- Pourquoi ?

- Tu ne fais que te retourner...

- Non rien...

Anna attend maintenant la passeggiata, tous les soirs. Elle sait qu'il est

revenu, elle sent qu'il est revenu. Le mystère
de cette sensation pourrait presque se suffire
à lui-même. Il berce les journées d'Anna. Elle
s'enfuit dans un imaginaire extraordinaire.
Elle se voit en robe de mariée, dans cette
église, où son amour est devenu une évidence,
non c'est trop simple. La voilà héroïne d'une
histoire d'amour interdite, rencontres clan-
destines au bord du fleuve... ou encore, elle
prend le train pour une raison quelconque,
elle cherche une place, il est là, dans ce com-
partiment, elle s'assoit près de lui, seule place
disponible, leurs bras se touchent... Ces rêves
éveillés sont doux, mais tellement inacces-
sibles pour cette jeune femme à la vie
si rangée.

- Qu'est-ce qui se passe ?

Anna a fait tomber sa glace pendant la
passeggiata. Comment expliquer à sa mère, à
sa cousine, qu'elle a senti ce soir sa main frôler la sienne... elle ne s'y attendait tellement
pas. Elle le voit. Oui c'était bien lui. Il marche
vite. Elle attend avec impatience le tour suivant... Mais il n'est plus là.

Ce petit jeu de cache-cache se poursuit pendant tout l'été. C'est le moyen qu'a trouvé Gianni pour la prendre dans ses filets. Elle se rend compte que quelque chose comme une dépendance est en train de naître, et ça ne la dérange pas. Au contraire, l'attitude de Gianni procure à Anna une sensation étrange. Toutes les petites choses du quotidien ont une autre saveur. Elle se surprend à mieux choisir ses vêtements pour sortir, elle commence à se maquiller, malgré le regard interrogateur de sa grand-tante. Elle se sent comme les femmes des romans photos en noir et blanc, qu'une voisine lui a prêtés. Elle a une vie à elle, secrète, cachée, mais intense. Seul Gianni connaît son secret, elle le sait.

Ce regard qui la frôle tous les soirs, ce souffle inexistant qu'elle sent sur sa nuque, l'impression d'être belle, désirée, désirable. Parfois, il est là, d'autres fois il ne sort pas, et la tristesse s'empare d'Anna. Il lui manque. Ça peut paraître idiot, mais c'est ainsi.

Il lui manque.

Quoi de meilleur, de plus excitant que ce mystère ! Sensations jusque-là inconnues, ça y est, sa vie à elle, elle l'a. Le port de tête d'Anna a changé. Elle se sent plus fière, elle est l'héroïne, pour une fois, de cet amour platonique, mais tellement fort. Elle se sent, unique, adulte, elle grandit, elle est grandie.

Nonna Annina a remarqué que quelque chose a changé chez Anna, et elle en sourit. Moins de temps en cuisine, davantage dans la salle de bain. Elle aimerait bien savoir qui est à l'origine de ce changement, qui a fait tourner la tête de sa petite fille.

Un jour, elle pousse Anna à lui dire.

Gianni. Non, pas lui. Nonna Annina ne le connaît pas personnellement, mais quelque chose, d'instinctif, lui dit qu'il n'est pas fait pour sa petite Anna.

*****

Un lundi d'automne, Anna fait sa valise. Elle embrasse cette joue qui s'est tournée, essaie d'attraper ce regard qui l'ignore, sa main, qu'elle tend, pour une caresse, ne fait que frôler les vêtements de Nonna Annina.

Sa mère est déjà repartie en France, elle n'aura pas à l'affronter.

Ce qui aurait pu ressembler à une journée heureuse revêt des airs funestes.

Anna regrette, elle n'a pas su faire les choses en douceur.

Nonna Annina

Nonna Annina n'a pas aimé la manière dont Anna est partie. Elle aurait tant voulu qu'elle se marie, pour les « on-dit » sans doute, mais aussi parce que le mariage de sa petite fille, elle l'avait préparé, secrètement. Ces quelques années, passées avec elle lui ont permis de la découvrir, de s'y attacher. Oui, bien sûr, elle la voyait pendant les vacances, tous les étés, mais c'était différent. La maison était pleine de monde, elles n'avaient pas beaucoup le temps de discuter, tandis que pendant ces années, elles ont pris le temps de mieux se connaître. Ce brin de jeunesse, encore timide, a réveillé chez Nonna Annina, ce qu'elle a de plus doux. Depuis combien de temps n'avait-elle pas pris quelqu'un dans ses bras ? Depuis combien de temps n'avait-elle pas caressé de cheveux ? Elle redécouvre avec Anna le plaisir de border un enfant, même si Anna est aux portes de l'âge adulte, de l'embrasser tendrement sur le front. Elle se plaît à lui raconter des anecdotes sur les voisins, et se surprend même à rire. Elle lui raconte son histoire, celle de cette maison, qui était à ses grands-parents, des personnes très gentilles, pas grandes, mais très gentilles. Ce détail sur la taille amuse Anna. Alors Nonna Annina raconte.

- Tu sais, quand j'étais toute petite, on n'avait pas d'argent, mais ma grand-tante était d'une gentillesse incroyable. Elle aimait jouer avec nous aussi, alors quand elle venait nous voir, elle mettait quelques figues dans ses poches, tapotait dessus, mine de rien. Moi, du haut de mes quelques années...

- Combien ?

- Oh, deux, trois, peut-être quatre, moi je mettais mes mains dans ses grosses poches, immenses pour moi, et j'en ressortais quelques figues. C'était un peu comme vos bonbons aujourd'hui. Je me souviens, ses poches étaient terriblement profondes, mais comme elle était toute petite, j'arrivais toujours à en toucher le fond ! Elle faisait semblant d'être étonnée, me disait que le petit ange malin avait dû les déposer là.

- Le petit ange malin ?

- Oui c'était le personnage d'une de ses histoires, elle adorait inventer des histoires.

- Elle aurait dû les écrire...

- Ce sont des choses auxquelles on ne pensait pas avant.

- Comment elle s'appelait ?

- Elisabetta.

- C'est joli Nonna Annina. Tu te souviens de toutes les histoires qu'elle racontait ? Tu me les raconteras ?

Parfois, les matinées ressemblaient à des ateliers cuisine. Anna trouvait que sa grand-tante cuisinait tellement bien, qu'elle voulait connaître tous ses secrets. Alors Nonna Annina partageait ses recettes avec elle. Sa sauce tomate, bien sûr, mais aussi, les gnocchi. Comment faire pour qu'ils ne soient pas trop durs, ou bien encore, les aubergines à la parmesane, ou les raviolis. Autant de pâtes faites à la main, de sauces mijotées, agrémentées de petits secrets et de complicité. Personne ne s'était jamais autant intéressé à la cuisine de Nonna Annina, alors, elle-même avait fini par faire les choses machinalement. Avec Anna, tout devenait art.

Tristesse

Anna aimerait aller voir plus souvent Nonna Annina. Elle sait que Gianni n'apprécie guère. Mais pour l'instant, elle a besoin d'y aller, et elle y va.

Chaque visite est une épreuve. Nonna Annina s'est enfermée dans le mutisme. Elle parle avec ses yeux. Ils expriment la tristesse, un peu la déception, beaucoup l'inquiétude, mais une étincelle de joie apparaît lorsqu'elle voit Anna monter les marches de l'escalier qui mènent à la cuisine. Anna essaie de la distraire. Elle lui parle de la rue dans laquelle elle habite, de ses nouveaux voisins... bon c'est vrai, elle les connaît encore très peu, mais chaque fois qu'ils passent devant chez elle, ils essaient de lui parler.

- Tu me connais, je suis timide... alors je n'arrive pas bien à parler, mais ils sont gentils.

Le regard de Nonna Annina brille. Anna croit comprendre qu'elle connaît ses voisins et qu'elle les apprécie, que ce sont des gens bien, comme on dit.

Anna reste peu chez sa grand-mère. Elle boit un café, mais vient les mains vides, l'argent qui lui permet de vivre est celui de Gianni, et comme Nonna Annina ne veut pas le voir, elle ne se permet pas d'apporter quoi que ce soit, d'ailleurs elle en est certaine, Nonna Annina refuserait tout ce qui vient de lui. Un jour elle a amené quelques figues du jardin de la voisine, que celle-ci lui avait données, elle a eu beau dire à Nonna Annina que c'était celles d'Angela, Nonna Annina a refusé de les goûter. C'est pourtant son fruit préféré.

- Je parie que tu es encore allée voir ta grand-mère.

- Pourquoi ?

- Tu as vu les yeux tristes que tu as...

- Ça se voit tant que ça ?

- Oh, je dirais que tu as pleuré une bonne heure...

- C'est à peu près ça.

- Dis-moi une chose... pourquoi tu continues à y aller ?

- Mais, parce que, parce que c'est ma grand-mère, je l'aime.

- D'accord.

- Je parie que tu es encore allée voir ta grand-mère.

- Pourquoi ?

- Tu as vu les yeux tristes que tu as... tu sais, si elle t'aime, elle pourrait aussi faire un effort...

- Elle voulait mieux pour moi...

- Mieux qu'un boiteux !

Gianni a haussé la voix.

- Non, elle aurait voulu que je me marie.

- Je parie que tu es encore allée voir ta grand-mère, c'est toujours pareil, tu pleurniches chaque fois que tu y vas.

- Oui, mais...

- Mais quoi ? Est-ce que je suis un monstre à ce point, au point que toi ou personne n'aurait le droit d'aimer ?

- Elle est âgée et...

- Et ça l'empêche de souhaiter le bonheur de sa petite fille ? Mais quelle égoïste ! Tu sais Anna, elle n'a jamais voulu me rencontrer, mais si elle le voulait aujourd'hui, c'est moi qui refuserais, d'ailleurs, je pense que si tu tenais vraiment à moi, tu devrais défendre notre amour, au lieu d'en avoir honte et tu devrais arrêter d'aller voir cette vieille folle !

- Mais comment tu parles d'elle ?

- Et elle, à ton avis, elle parle de moi comment ?

Gianni a crié cette fois et a donné un grand coup sur la table.

Anna ne parle plus de ses visites à Nonna Annina. Elle n'aime pas les conflits, mais Gianni la connaît tellement bien qu'il sait. Alors, ces soirs-là, la tension est palpable. Anna se fait le plus discrète possible, quant à Gianni, il ne peut empêcher ses gestes brusques, qui chaque fois, la font sursauter.

*****

Les avis de décès placardés sur les murs du village l'accueillent, la narguent, l'accompagnent, la poursuivent, l'agressent méchamment, violemment.

Nonna Annina est morte. Nonna Annina est morte. Nonna Annina est morte ! Je n'étais pas là. Je n'étais pas au village. J'avais fui. J'avais fui ses reproches. J'aurais dû comprendre qu'elle n'allait pas bien, j'aurais dû l'accompagner encore, malgré moi, malgré elle. J'aurais dû essayer d'être là, toujours à ses côtés, je n'ai pas su rester auprès d'elle et rester moi-même. J'ai fait un choix, le choix de moi. Mais est-ce que je suis mieux aujourd'hui avec moi seulement ? Oui, au début, j'ai ressenti comme un poids en moins, et puis je me suis vite aperçue que ce poids était celui de son amour. Il était lourd, puissant, mais m'empêchait de me perdre, me protégeait. L'amour n'est jamais léger. Les ailes qu'il nous donne au départ ne sont qu'illusion. Les grand-mères le savent, les mères le savent, c'est pour cela qu'elles essaient de nous garder, parfois en nous étouffant. Grand-mère savait que mon amour pour Gianni me détruirait, c'est pour ça qu'elle a essayé de m'empêcher de partir, avec le sien. Je n'ai pas compris j'ai coupé net. Je ne suis pas restée auprès de toi, je suis partie, ta vérité, ta clairvoyance me faisaient peur, j'ai préféré les ignorer. Je me suis privée de toi. Je le regrette tellement, mais les regrets sont inutiles, ma culpabilité reste. Si seulement je parvenais à rester moi-même, je n'aurais sans doute ni regrets, ni remords. Une fois encore je me suis égarée, je pensais faire le choix de moi, j'ai fait son choix à lui.

Gianni la regarde, intensément :

- La douleur te va bien. Tu es belle.

Anna fait de son mieux. Elle veut absolument que Gianni soit fier d'elle.

Anna aime s'occuper de Gianni. Sa maison, près de la voie ferrée est petite, mais tellement agréable, bien plus moderne dans sa construction que celle de Nonna Annina. Une grande pièce, en bas, où sont exposées toutes les passions de Gianni, ses passions, ses collections, quelques deux cent horloges, des boules à neige, des médailles religieuses... pour l'instant, il lui a demandé de ne pas y toucher. Chaque fois qu'il lui demande quelque chose, elle lui sourit, gentiment, amoureusement.

Au sol, un carrelage, imitation marbre a été posé, tellement plus facile à laver que les dalles en terre cuite de chez Nonna Annina.

A l'étage une chambre et une salle de bain, simple, mais tout y est. Toilettes, bidet, douche. Et puis la chambre, avec un grand lit, recouvert d'un couvre lit ancien, une armoire immense d'une teinte plutôt sombre, et, aux murs, une autre collection, de croix, cette fois, de toutes tailles, de toutes couleurs, rapportées des quelques voyages ou pèlerinages qu'il a faits.

Gianni est très croyant, et pratiquant aussi. Pourtant, il n'a pas souhaité épouser Anna tout de suite. Il lui a demandé de lui prouver son amour en venant s'installer chez lui, très vite après leur première relation. Anna n'est pas très à l'aise avec cette situation, elle aurait préféré faire comme tout le monde, se marier, montrer son amour, mais Gianni en a décidé autrement.

- Tu as vu Gianni, les français sont arrivés.

Anna, parle des filles du groupe. Depuis peu, elles ont réaménagé une petite maison dans la même impasse. Anna les a vues ce matin. Elles étaient apprêtées, souriantes, maquillées, un peu. Du rouge à lèvres, surtout. Elle aimerait tant être comme elles, susciter l'envie, la jalousie de la part des autres filles. Elle, elle n'en est pas jalouse, mais se dit qu'elle va colorer aussi ses lèvres pour mieux plaire à Gianni.

- Oui oui j'ai vu.

Gianni fixe la bouche d'Anna.

- Elles sont tellement vulgaires avec leur rouge à lèvres !

Anna a effacé le rouge à lèvres de ses lèvres. Gianni n'aime pas.

Pour quelques miettes

Il est des choses que Gianni ne supporte pas. Les miettes par exemple, les miettes du petit déjeuner qui restent sur la table le matin.

Il est une chose qu'Anna ne fait pas le matin. C'est nettoyer la table dès qu'il a terminé son café au lait. Elle préfère monter à l'étage, se doucher, se préparer pour donner à Gianni une image d'elle la plus parfaite possible.

Mais Gianni ne supporte pas les miettes sur la table. Il le lui a déjà fait remarquer, plusieurs fois, mais Anna oublie chaque matin.

Alors Gianni, au départ, s'en amuse, puis provoque. Pendant qu'Anna est à l'étage, il en rajoute, puis en rajoute encore. Puis jette d'un revers de main les miettes à terre.

Chaque fois qu'Anna redescend de la salle de bains, il regarde la table, le sol, et là, se succèdent une avalanche de reproches, sur son manque d'hygiène, ou plutôt sa saleté, sur son manque d'éducation, sur son manque de respect à son égard.

A l'intérieur, il bout. Ces miettes sont devenues une obsession le matin. Il regarde, épie du coin de l'œil Anna, râle au début, puis cogne sa canne sur le sol, il va jusqu'à presser Anna de ranger, de nettoyer cette foutue table, en la poussant avec cette même canne.

Et puis, un jour il explose. Pour lui c'en est trop. Lorsqu'il voit Anna redescendre l'escalier il la fixe, se saisit de la poubelle et lentement, la déverse sur la table.

- Pour quelques miettes ?

- Tu es immonde, comme ces immondices sur la table !

- Mais …

Gianni tourne les talons et quitte la pièce.

Doux moments

Tout avait pourtant bien commencé. Anna n'avait jamais été amoureuse, attirée peut-être par un enfant du quartier quand elle avait une petite dizaine d'années. Rien de comparable.

Là, elle découvre son cœur. Et ce simple organe chamboule sa vie. Il a commencé à réveiller son être endormi à l'église, quand elle sentait ce regard pénétrant, sur sa nuque. Ces premiers mois de vie commune ne changent rien à cette sensation. Bien au contraire, ce cœur commence à battre, plus fort, aux premières lueurs du jour, lorsqu'elle regarde Gianni, endormi, près d'elle, lorsque les paupières de son amant commencent à trembler, lorsque ses yeux s'ouvrent finalement. Elle aime ce regard, qui émerge d'une longue nuit paisible, car oui, elle sent chacun de ses mouvements, qu'il se tourne, ou qu'il l'effleure ; elle dort bien sûr, mais son esprit, agité de bonheur, reste éveillé.

Aux premières lueurs du jour, elle caresse ses cheveux, tendrement elle dépose quelques baisers sur ses paupières, sur ses joues, alors, lui, pose sa main sur son sein chaud, et simplement, ils s'aiment. Elle éprouve tellement de plaisir à le rendre heureux. Elle va vers l'inconnu, un inconnu qui pour l'instant la comble. Il ne la veut que pour lui, alors elle cesse de voir le peu d'amies qu'elle a peiné à se faire.

Ils ont gommé leur entourage, leur cocon se suffit à lui-même pour qu'ils soient heureux.

Parfois, Gianni sort, seul. Elle en profite pour lui préparer ses plats préférés, pour ranger à fond, pour se faire belle. Lui, il revient souvent avec une attention pour elle, une pâtisserie, une fleur, un parfum...

Gianni et Anna affectionnent particulièrement les lieux saints, alors dès qu'un voyage y est organisé, ils s'y inscrivent. Ils ont cet intérêt-là en commun. Pendant leurs premières années de vie commune, ils visitent la chapelle Sixtine, le sanctuaire de Padre Pio, la basilique de Saint François d'Assises, la basilique de Saint Antoine de Padoue, et bien d'autres encore, à Florence, Naples, Venise... mais ce qu'ils préfèrent, ce sont les petites églises. Certes, le Vatican est un joyau, mais on y rencontre surtout des touristes, comme dans de nombreux lieux. Alors, lors de ces séjours d'une journée ou deux, ils s'éloignent du groupe, pour aller prier dans des églises qui n'apparaissent qu'en tout petit, à la fin des guides touristiques. Ils aiment s'isoler et se plonger dans une certaine communion. Ils se sentent alors remplis d'un esprit divin et se nourrissent de l'odeur de l'encens, qui s'est déposé depuis des siècles sur la vieille pierre.

Ils se sont promis de refaire un bain de foule à Lourdes, où l'un a fait le premier pas, l'autre l'a rejoint. C'était lors d'un voyage organisé par la paroisse. Ils ne s'étaient jamais parlé, quelques regards plus ou moins appuyés, c'est tout. C'était près de la grotte. La foule était compacte, les personnes avançaient lentement. Anna avait senti une main l'effleurer. Elle l'avait à son tour légèrement touchée, et puis, tout était allé très vite, leurs mains s'étaient retrouvées enlacées. Les gens les bousculaient et leurs corps se rapprochaient. Alors, Gianni avait entraîné Anna loin de cette foule et sous un porche un peu à l'écart, sans lui avoir dit un seul mot, il avait pressé sa bouche contre la sienne, ils avaient échangé leur premier baiser. Leurs corps étaient serrés l'un contre l'autre, les mains de Gianni s'étaient égarées sous la jupe d'Anna, elle l'avait laissé explorer son corps, ils n'avaient pas rejoint les autres au repas.

La nuit qui avait suivi, avait plongé Anna dans un bonheur qu'elle ne soupçonnait pas. Personne ne lui avait jamais parlé de ce sentiment, ni de cette sensation d'appartenir totalement à l'autre, de se confondre avec lui dans des étreintes plus maladroites que douces. Et comment définir ce goût de l'interdit qui avait accompagné cette première nuit. Anna, si sage, si douce...

Alors, lorsque Gianni lui avait proposé de venir partager sa vie, chez lui, hors mariage, elle n'avait pas pu résister, le désir de Gianni avait été bien plus fort que les convenances. Et puis, comme disait Gianni, « si elle l'aimait... ».

Ainsi avait commencé cette nouvelle page de vie.

*****

Ils se promènent, ensemble. Ils vont jusqu'à Capo Pescara, là où naît le fleuve Pescara, et admirent ce paysage fabuleux. Les roseaux et les herbes, essaient d'empêcher le fleuve d'émerger. Une multitude d'herbes, dans le lit du fleuve, le teinte de tons verts insoupçonnés. Ces herbes, telles une longue chevelure, dansent, entraînant l'eau de part et d'autre de la rive, là où les roseaux la repoussent, à leur tour. C'est un spectacle fantastique, Anna ne s'en lasse pas. Elle laisse aller son imagination, des nymphes ont déployé leur pouvoir magique, et dansent sous ses yeux. Cette poésie l'enveloppe de bonheur, tellement, qu'elle en vient à ressentir sur sa peau la fraîcheur de l'eau.

Un peu plus loin, à l'ombre des peupliers, une terrasse. Un effort a été fait pour préserver la nature. Le bar est une construction en bois, les tables sont en pierre. Quoi de meilleur qu'une boisson fraîche dans un tel cadre.

Un groupe arrive, bruyant. Les françaises sont là. Le groupe commence à faire de la musique, des chants accompagnent la guitare, on n'entend plus les chansons qu'Anna et Gianni ont mis sur le Juke box. Qu'importe, Anna est toujours dans ses pensées, elle est avec l'homme qu'elle aime.

Gianni, lui, est contrarié.

Les draps sont froids

Dans beaucoup de maisons, il n'y a pas de chauffage. A peine une cheminée. Il ne fait froid que très peu de mois dans l'année.

En ce début d'hiver, le froid, mais surtout l'humidité, pénètrent tout le corps. Anna, depuis toujours supporte mal cette humidité. Elle se sent comme paralysée, et a la sensation étrange que ses membres ne répondent plus.

Le soir, les draps sont froids. Anna se blottit contre Gianni. Parfois, de douces étreintes réchauffent leurs corps. La chaleur qui s'en échappe adoucit leurs nuits.

Le soir, les draps sont glacés, Anna essaie de se blottir contre Gianni, mais il se pousse un peu. Le froid engourdit son corps, elle a demandé à Gianni d'acheter un petit chauffage, il dit qu'il y pensera.

Le soir, les draps sont gelés. Anna monte se coucher avec sa bouillotte. Gianni est recroquevillé de l'autre côté du lit. Il tient serré contre lui les draps, respire fort, ne s'aperçoit plus de la présence d'Anna.

Le matin, depuis longtemps maintenant, les draps ne sont plus défaits.

Anna attend l'été, avec de plus en plus d'impatience.

Bien sûr, Gianni n'aime pas la voir discuter avec les voisines, il ne voit dans les conversations de ces femmes que des commérages. Anna, elle, y voit une trêve à sa solitude. Nonna Annina n'est plus depuis longtemps, sa famille n'est pas la bienvenue chez Gianni, il supporte à peine une ou deux visites sur la petite terrasse fermée devant la maison, quand ils reviennent en Août.

L'été, Gianni sort, va faire sa petite balade, le matin, puis en fin d'après-midi, seul.

Anna reste à la maison. Mais dès qu'il part, elle s'en va rejoindre le petit groupe de voisines installé au bout de la rue, devant chez Angela. Elle entend leurs rires depuis chez elle. Quand elle arrive, on lui propose une chaise. Nul besoin de raconter sa vie, juste écouter, écouter les anecdotes, écouter la légèreté, sentir l'insouciance, se repaître de vie. Parfois elle oublie l'heure.

- Gianni ! viens donc nous rejoindre !

Les voisines sentent ce que vit Anna, bien qu'elle ne se confie pas. Sans doute l'expérience de la vie... alors elles interpellent gentiment Gianni, le flattent l'air de rien, lui proposent un verre de vin. Elles savent que sans leur intervention, Anna en pâtira, Gianni la couvrira de reproches.

Anna aime beaucoup la mère des filles du groupe. La mère des filles du groupe aime beaucoup Anna. Sa fibre maternelle entend le mal-être d'Anna. Elle ne peut pas faire grand-chose pour elle, mais elle se rapproche de Gianni pour mieux être aux côtés d'Anna, le temps d'un été. La mère des filles est fine. Elle a saisi. Elle a compris combien Gianni ne supporte pas qu'Anna s'éloigne de lui, ne serait-ce que par la pensée. Elle perçoit dans ses mots, dans ses attitudes, dans ses regards, la possessivité de Gianni. Alors, lorsqu'elle passe devant chez eux, elle le salue en premier, elle s'intéresse à ce qu'il fait avant même de demander des nouvelles d'Anna. Elle joue de subtilité. Pour Anna, juste pour Anna. Car seule Anna mérite un intérêt à ses yeux, et ça, Anna l'a compris. Elle trouve chez cette femme la complicité qu'elle n'a jamais trouvé chez sa propre mère, par pudeur, peut-être. Elle découvre avec elle le sens du mot amitié, empreint de délicatesse et de tendresse.

Chaque fois qu'elle sort, elle les cherche du regard. Elles sont plusieurs, à venir, des quatre coins de France, passer leurs vacances ici. Elles semblent tellement à l'aise ! Elle les voit évoluer au fil des années. Il y au moins deux groupes de filles, et même elle, de loin, voit qu'elles ne s'apprécient guère. Mais une chose est certaine, elles ont en commun une amitié grandissante avec les jeunes du village, filles ou garçons, un rapprochement qui lui fait ressentir, à elle, Anna, encore davantage, la distance qui l'éloigne d'une jeunesse à jamais perdue.

Elle suit le temps, les modes, par la manière dont ces filles s'habillent. Tous les étés, elle a un autre aperçu sur ce qui se fait en France, sur ce qui se porte. Certaines ont gommé le noir de leurs paupières pour mieux faire apparaître leur maturité, plus douce, apaisée. Finies les longues jupes violettes, qui marquaient de leur présence les bancs du village, les cheveux longs ont été coupés, les démarches se sont posées.

La deux chevaux rouge a remplacé le train. Tout le monde se retourne sur son passage. C'est la première fois qu'on en voit une dans le village d'Ascanio, celui qui a créé la Vespa. D'autres autos suivront, plus familiales, plus performantes mais aussi plus sûres.

Anna les a tellement observées, qu'elle sait reconnaître le jour de leur arrivée et le jour de leur départ. Comme elles, elle ressent leur excitation lorsqu'elles aperçoivent les amis du village. Elle voit ces petits coups de coude discrets qui indiquent « ils sont là », leurs sourires qui n'osent s'exprimer, mais toute leur joie pétille dans leurs yeux, complices. Oui ils ont tous vieilli, mais les retrouvailles restent excitantes, même s'il ne se passera rien. Finis les jeux de séduction, finies les amours de vacances où les montagnes semblent les engloutir à chaque départ, l'amitié s'est fait une place au fil des années, sincère, le temps d'un été.

Comme elles, elle ressent leur tristesse, cette déchirure, lorsqu'elles retournent en France, qui laisse s'échapper tant d'interrogations. Retrouveront-elles le village tel qu'elles l'ont laissé, l'an prochain ? Leur tante sera-t-elle encore là ? Déjà des personnes qu'elles aimaient s'en sont allées et les visites qu'elles font au cimetière sont de plus en plus longues. Elles ne s'arrêtent plus seulement devant les tombes des parents de leurs amis. Elles vont maintenant se recueillir sur celle de Marco, qui a tragiquement mis fin à ses jours, sur celle de Maurizio, tombé soi-disant accidentellement dans l'eau glacée près du lavoir, elles font une petite halte, devant celle de Franco, Gabriele, les frères Cabriola, et autres encore, glissant, en même temps que l'héroïne pénétrait leurs veines... Tous sont là, une partie de leur jeunesse, disparus à jamais.

Les filles remontent la petite côte, les bras chargés de sacs, les yeux rougis. Elles rapporteront avec elles, en France, un bout d'Italie, fromage, charcuterie, huile, dans lequel elles chercheront les saveurs qu'elles ne retrouveront pas.

Anna les voit rentrer. Elles ont sensiblement le même âge, mais appartiennent à un autre monde. Elles lui sourient rapidement, tous les jours.

- Eh, mes filles, vous avez terminé vos achats ?

- Oui maman, c'est bon normalement...

- Vous connaissez Anna ?

Elles se saluent. Anna a approché la mère pour connaître les filles. Elle le lit dans leurs yeux, elle fait partie des « anciens », comme toujours, à jamais.

Les jours et les années passent, Anna reste l'amie de la mère des filles, le réconfort qu'elle trouve auprès d'elle est immense. Elle peut lui parler, se confier, des paroles réconfortantes sèchent ses larmes et calment ses angoisses. Elle aurait tant aimé avoir une mère comme elle, une mère qui parle, qui ose s'exprimer, parler de sentiments, mais parler aussi de tout et de rien. Pour Anna, même les « rien » sont importants. Elle y puise une légèreté, un brin d'insouciance, jusqu'à présent insoupçonnés. Cette mère, qu'elle aimerait tellement sienne, sait trouver les mots justes, les attitudes adaptées, cette mère, petit à petit lui laisse entrevoir que la vie existe.

Pendant les séjours de cette « dame », dans cette petite maison, au bout de la rue, Gianni se calme un peu. Moins d'humiliations, moins de violence. Comme si une autorité supérieure lui intimait une pause.

Chaque année, Anna appréhende son départ.

Aujourd'hui, elle a invité sa famille à manger. Avant, ce n'était pas possible, Gianni est tellement ours ! Mais depuis quelques années il accepte de les recevoir. Il ne les apprécie pas beaucoup. Il les trouve simples, trop simples, d'une simplicité qui pour lui s'apparente à la bêtise. C'est vrai, ils ne sont curieux de rien. Ils travaillent là-bas, en France, dans la grisaille ; avant on pouvait comprendre qu'ils restent, mais là, non, leurs parents sont morts... Gianni ne les comprend pas. Ils disent qu'ils ont construit une vie là-bas. Gianni, lui, ne voit que deux gars proches de la retraite, voûtés par des années de travail, ternis par la tristesse de leur vie.

Gianni regarde Anna préparer le repas. Il ne supporte pas de voir qu'elle cuisine pour d'autres que lui. Seules les aubergines, sur le plan de travail, le rassurent un peu. Les aubergines à la parmesane, c'est son plat préféré. Il lui a appris à les faire comme lui les aime, pas comme sa grand-mère à elle le lui avait montré.

Il quitte la pièce, un peu rassuré.

Anna s'active. Ce repas, ce sera une surprise. Elle a cherché longtemps ce qu'elle pouvait préparer. Pour une fois, elle a envie de faire preuve d'originalité, elle a envie de faire plaisir à ses frères. Ça fait deux ans qu'elle ne les a pas vus. Oui l'année dernière, l'aîné, Nino, a eu des problèmes de santé, alors Carlo, le second, a préféré rester avec lui, plutôt que de partir en vacances. Nino et Carlo ont toujours été très proches, ils n'ont que quinze mois d'écart.

Anna transpire devant ses casseroles. Elle a tellement envie de leur faire plaisir ! Le plaisir. Les années de travail, de séparation, de deuil, ont eu raison du plaisir. Il est temps de le réhabiliter, de lui offrir une place qu'il n'a jamais osé prendre. Et si cette place passait par un peu de douceur sous le palais, par un peu de fondant, par un peu de surprise, par l'inconnu, par un mélange de saveurs inattendu ? Anna a cherché longtemps, et puis elle est tombée sur une recette oubliée, mais qui semblait l'attendre pour réveiller ses papilles : aubergines au chocolat.

Voilà, c'est ça, c'est ça le dessert inattendu qui enchantera tout le monde à table. Aubergines au chocolat. C'est un plat qui était préparé dans un couvent par des nonnes à l'attention d'une reine venue s'y réfugier. Anna a trouvé ce qu'il lui fallait, un mélange de sa foi, des aubergines, que Gianni apprécie particulièrement, et de l'amour qu'elle porte à ses frères, les honorer en leur montrant à quel point ils sont précieux pour elle. Elle leur racontera la légende une fois qu'ils auront terminé leur dessert.

Les voilà tous installés. Gianni ne parle pas, il ne leur parle jamais d'ailleurs. Anna a fait l'impasse sur l'entrée. C'est trop cher. Surtout ne pas fâcher Gianni. Le plat principal arrive. Des lasagnes. Gianni regarde du coin de l'œil Anna. Il ne comprend pas. Et les aubergines ? Il entend Anna parler avec ses frères, souvent en français, langue qu'il feint de ne pas comprendre pour mieux les faire culpabiliser. Anna, elle, semble légère heureuse, elle parle comme elle n'a pas parlé depuis longtemps. Gianni, s'interroge, mais qu'est-ce qu'il lui arrive ? Deviendrait-elle aussi idiote que ses frères et ses belles sœurs, assis, là, autour de cette table ? La table est étroite, pas faite pour recevoir. Gianni se sent tout à coup envahi, il sent qu'il peine à supporter leurs histoires, leurs mots, leur bêtise.

- Gianni, tu ne finis pas ton assiette ?

- Non je n'ai plus faim, je vais prendre l'air.

Gianni se pose sur sa terrasse et fume tranquillement. Il essaie de faire retomber la pression.

- Gianni, tu viens ? J'ai servi le dessert.

Gianni pénètre dans la pénombre de la pièce.

- Mais qu'est-ce que c'est que ça ?

- Des aubergines au chocolat, c'est ….

Gianni ne la laisse pas poursuivre :

- Mais on dirait de la merde !

- Gianni, c'était préparé par des religieuses et…

- Toi et ta foutue religion…

- Et si on goûtait, dit Nino, pour essayer de détendre l'atmosphère.

Il est vrai qu'à première vue, ces aubergines au chocolat ne font pas envie. A première vue n'est pas l'expression qui convient. En fait, oui, le goût est surprenant, mais il est surtout mauvais.

Anna regarde les visages autour de la table se décomposer. Les uns après les autres. Elle a voulu pour une fois apporter une touche d'originalité dans sa vie, mais c'est raté. Elle regarde les assiettes. Devant elle, un spectacle désolant, à l'image de celui de sa vie, qu'elle aurait aimée savoureuse mais qui n'inspire que dégoût. Jamais elle n'a vu aussi clair, c'est comme une révélation. Alors irrésistiblement, elle sent son corps trembler, et des rires monter. Elle est prise d'un fou rire qui ne semble plus pouvoir s'arrêter. Ses yeux pleurent, elle a du mal à reprendre son souffle. C'en est trop pour Gianni.

- Espèce d'idiote, ça t'amuse de gaspiller la nourriture que j'achète !

Une gifle, la plus forte qu'elle n'ait jamais reçue s'abat sur son visage, puis deux, puis trois, le fou-rire laisse place aux larmes, aux sanglots, silencieux. Pour se protéger, comme chaque fois, elle s'en va cacher son visage sous des coussins.

- Tu m'as épuisé, quand je rentre, tout doit être rangé.

Anna sait qu'il sera parti pour la soirée. Elle reste prostrée, un long moment sur ce canapé, seule consolation dans sa vie.

Ses frères sont partis. A quel moment ? Elle ne les a pas vu partir. Ils ne sont pas intervenus. Pourquoi ? A nouveau des larmes coulent sur le visage d'Anna. Elle se lève, débarrasse la table, fait la vaisselle et range la pièce. Son corps est douloureux, mais le corps... ce n'est pas grave, il peut supporter.

Laver laver laver...

L'eau est tellement froide ! Gianni refuse d'acheter une petite machine à laver,
même si elle prend l'argent que Nonna Annina
lui a laissé. Il dit que c'est du gaspillage, alors
que le lavoir n'est qu'à cent mètres de la maison. Le plus dur, ce sont les draps. L'eau lui
glace les mains, elle pénètre sa peau, endolorit
tout son corps. Maintenant, elle y croise plus
de curieux que de voisines, le lavoir est devenu
une des choses à voir dans le village, et la plupart des maisons se sont équipées en
électroménager.

Anna supporte difficilement le regard
admiratif des touristes, certains la photogra-
phient, alors elle frotte de plus en plus fort,
comme si ainsi elle pouvait gommer les regards. Parfois elle perçoit celui de Gianni, sur
le trottoir opposé. Elle savonne plus fort encore les draps que Gianni lui demande de
changer toutes les semaines, ou plus souvent
encore, sous prétexte qu'elle transpire et qu'il
ne supporte pas son odeur. Elle enfouit sa tête
dans ses épaules, la baisse le plus bas possible. Comme elle aimerait disparaître, telle
l'odeur qui imprègne ses draps.

Sa voisine lui a proposé à plusieurs reprises de les faire tourner dans sa machine, mais Gianni refuse, on ne lave pas son linge sale chez les autres. Sur l'insistance d'Angela, elle a cédé, une fois ou deux. Mais Gianni est furieux ! Il dit que l'odeur est différente, qu'il y dort mal ! Elle, ne voit aucun changement.

- Ça ne m'étonne pas, lui rétorque-t-il avec mépris.

Alors, cette semaine encore, elle ira au lavoir.

*****

Des images se bousculent dans sa tête.

Son père. Il rentre au petit matin de l'usine. Il a travaillé de nuit. Il est cinq heures trente peut-être, six heures tout au plus. Maman est déjà debout, lavée habillée, mais elle sent encore la nuit.

Le bruit de la porte la réveille. Papa est là, finalement ! Elle hésite, se rendormir, aller le voir... L'odeur de la sauce tomate flotte jusque dans la chambre. Odeur rassurante de vacances, de déjeuners en famille, de partage, presque de communion. Anna se lève. Papa est déjà à table. Il sent le fer. Il s'est douché à l'usine, mais l'odeur s'est imprégnée, tenace, violente, mais aussi rassurante, elle fait partie du quotidien, de ce quotidien nuageux, gris à volonté sous le ciel chargé de son quartier. Cette chape qui protège et emprisonne à la fois. Maman lui sourit. Ce matin aussi elle installe une assiette à côté de celle de papa. Anna s'assoit et mange, silencieusement à coté de papa, sa main gauche posée sur la main droite de papa. Parfois, elle pose sa tête sur une de ses épaules. Maman les regarde, attendrie, mais elle, ne la voit même pas.

Et puis, voilà, l'image de Gianni remplace celle de papa. Insupportable, lentement la douceur du moment se transforme, les traits de papa se modifient, un rictus barre son visage. La violence du présent s'immisce dans la magie du passé, fait table rase des moments de bonheur. Elle ressent cette effraction comme un viol, un viol de cette intimité. Il détruit cette bulle dans laquelle elle aime tellement se réfugier pour trouver la force de continuer. Ces portions de pâtes qu'elle avale sont autant de railleries de Gianni. « Tu as vu ce que tu es devenue !... Tu devrais faire attention, même les éléphants peuvent être beaux, mais toi ! Regarde-toi donc... Comment tu t'habilles !!!... », alors Anna mange, mange, mange, engloutit, elle essaie de retrouver cette douceur du passé, mais il a tout gommé, détruit, alors elle mange encore et encore, dévore, tente de retrouver ce goût d'avant, mais rien n'y fait, l'huile frétille mal dans le faitout, les tomates refusent de livrer pleinement leur saveur, l'ail est trop présent, l'oignon ne fait même plus couler ces larmes qui lui faisaient tellement de bien.

Elle ne s'est jamais trouvée très belle, mais maintenant son image la répugne, elle se vomit de tant de laideur. Son avenir ? Elle y pense et elle rit. Elle en rit de plus en plus fort et stoppe tout à coup lorsqu'elle entend le sifflement de Gianni qui rentre. Il a encore quelques mètres à faire, elle grimace devant le miroir, tour à tour, grimaces et sourires forcés, mais malgré elle, elle se recoiffe, sèche les quelques larmes qui ont coulé sur ses joues et nettoie les miettes sur la table.

Elle réalise tout à coup qu'elle n'a d'existence qu'à travers lui. Sans Gianni, elle n'est rien.

Sans lui, pas de vie possible, avec lui, une vie impossible.

Elle se lève. Gianni est sorti. Elle prend son petit déjeuner. Fixe les miettes sur la table. Elle sourit, quel poison, ces miettes. C'est à cause d'elles que tout démarré. Elle les balaye d'un revers de main, et regarde, par terre, sur le sol de cette cuisine, ces restes, d'une vie, de sa vie.

Alors, sans prendre la peine de s'habiller, elle enfile ses bottes en caoutchouc et, dans cette matinée humide du premier janvier, elle quitte la maison. Son esprit est embué, tout comme les vitres des voitures sur lesquelles elle s'appuie parfois. Elle a froid. Elle a mal. Sa douleur est réelle. Pourtant elle avance. Comme les rues sont calmes ce matin. Tous se remettent de leur réveillon. Ils dorment sans doute. Elle, s'est levée tôt. Elle n'a pas dormi en fait. Non non... pas à cause de la fête. Gianni ne lui a pas adressé la parole hier soir. Il s'est mis sur son ordinateur et a regardé une rediffusion des premiers pas de l'homme sur la lune. Elle, elle n'avait rien à faire. La télé était en panne. Elle est restée, un moment, assise sur le fauteuil, en face de Gianni, a attendu en vain qu'il lui adresse la parole.

Dehors, des cris, des chants, des pétards, chez elle, le silence.

- Mais décidément.... Occupe-toi, je ne sais pas, trouve quelque chose à faire...

Alors, elle s'est levée et a commencé à nettoyer, ranger, briquer. Ce n'était pas nécessaire, tout est déjà tellement propre. Elle s'est dit qu'après minuit elle irait se coucher, après lui avoir souhaité la bonne année, mais lui, est monté à vingt-deux heures quarante-sept.

Elle a tout de même attendu minuit. Elle a entendu les klaxons, les cris de joie. Et puis elle est montée. Elle s'est allongée près de lui.

Il dormait.

Elle, elle n'a pas dormi.

Au matin, lorsqu'elle a entendu la porte d'entrée claquer, elle s'est levée.

A quoi bon une nouvelle année.

Ses pas la guident vers le pont, mais au lieu de continuer tout droit, elle prend le petit chemin sur le côté. Depuis combien de temps les pêcheurs ont-ils déserté cet endroit ? Plusieurs mois ? On dit qu'il y a des saisons pour les pêcheurs, elle n'y a jamais prêté attention. Un sourire se dessine sur son visage.

« Mon dieu, comme l'eau est froide ! Dieu, lave-moi de mes péchés ! »

Un éclat de rire fend l'aube.

« Dieu lave-moi de mes péchés ! »

Un autre éclat de rire. Les quelques vêtements d'Anna se mêlent à l'eau du fleuve, les feuilles des roseaux la parent d'une chevelure douce et enveloppante. Elle est légère, emportée par le courant, telle une héroïne, enfin maîtresse de sa destinée. Elle se revoit sur les bancs de l'école et se souvient...

Sur l'onde calme et noire où dorment les étoiles

La blanche Ophélia flotte comme un grand lys,

Flotte très lentement, couchée en ses longs voiles...

.....

Le vent baise ses seins et déploie en corolle

Ses grands voiles bercés mollement par les eaux ;

Les saules frissonnants pleurent sur son épaule,

Sur son grand front rêveur s'inclinent les roseaux .(1)

.....

(1)   Arthur Rimbaud : Ophélie

JACINTHE

Le plus vieux souvenir qu'elle a de son arrière-grand-mère remonte à ses douze ans.

Derrière le prénom de fleur qu'elle portait, Jacinthe était une femme à l'allure sévère, qui avait pour réputation d'être quelqu'un de froid, d'autoritaire, et privé de sentiments, enfin de sentiments positifs uniquement. D'aussi loin qu'elle s'en souvienne et que s'en souviennent sa famille, ses oncles, tantes, parents, d'aussi loin aussi que peuvent en témoigner les photos, Jacinthe a toujours porté le deuil. C'est en noir qu'elle vous accueille, sans un sourire, se laissant difficilement embrasser, même lors des retrouvailles annuelles, et c'est en noir qu'elle vous salue, depuis le balcon, d'un bref signe de la main, lorsque vous repartez pour une année. Une photo d'elle est présente dans toutes les familles de sa longue descendance : un portrait d'elle avec son fichu noir.

Jacinthe on la respecte. On n'a pas le choix. On l'aime ou on ne l'aime pas, peu importe on la respecte.

La mère de Jeanne a mis la photo d'arrière-grand-mère Jacinthe sur la commode, dans sa chambre, parmi toutes les photos de ses morts.

L'espace entre la commode et le lit est étroit. Si on veut aller à la fenêtre de la chambre, on est obligé de passer par cet espace, et on y passe de profil, car de face ce n'est pas possible. On y passe de profil, et de préférence les fesses côté lit, car plus elles sont rebondies, moins on passe facilement. C'est ainsi que chaque fois que la petite Jeanne va dans la chambre de ses parents, elle se retrouve face au portrait de tous les morts et notamment face à celui de Jacinthe, qui, à la fois, la fascine et la terrorise.

Les photos posées, là, ne sont pas très très gaies. Même les photos de mariage sont tristes. Elle les salue parfois. Son arrière-grand-mère paternelle, dont elle porte le prénom, droit, digne..., des portraits isolés, surtout ceux de ses grands-parents, un portrait de lui, un portrait d'elle, puis une photo de leur mariage... Ils posent, droits, pour la descendance, ils le savent... la photo de son oncle, parti trop jeune... Il y a celle du mariage de ses autres grands-parents, en noir et blanc aussi, où un sourire se dessine difficilement sur les lèvres de sa grand-tante, cette même grand-tante morte en couche. Il y a la photo de son enterrement, entourée de mystère, mais qui fascine Jeanne. Quelle étrange idée de photographier un enterrement. Sur cette photo on voit des visages accablés par la tristesse, en larmes, qui portent ou accompagnent le cercueil.

En général sur ces photos, aux cadres épurés, les visages sont marqués, les regards figés. La vie semble s'être évaporée pourtant ils ne sont pas encore morts. Pour Jeanne, chacun de ces visages fait partie de son existence, de son histoire, et elle les regarde toujours avec tendresse, curiosité, en imaginant comment aurait été la vie avec une grand-tante, les discussions qu'elle aurait pu avoir avec certains de ses oncles qui sont là, elle les imagine, lorsque sa mère les raconte, quand ils faisaient les quatre cent coups. Auraient-ils gardé la même complicité aujourd'hui ?

Mais il y en a une et une seule qui échappe à la règle : Jacinthe. Arrière-grand-mère Jacinthe. Elle, elle fait peur. Elle, elle l'a connue. Elle, elle a été obligée de déposer ses lèvres sur ses joues, elle était vivante mais aurait pu être morte tellement elle était froide ! D'ailleurs personne ne parle de Jacinthe avec amour ou avec tendresse. Bon, personne ne parle non plus de ses seize grossesses, de ses journées interminables et harassantes aux champs... d'elle, on ne retient que sa sévérité, son manque d'empathie, personne n'ose dire sa méchanceté, mais tellement le pensent ! Et puis la phrase de son mari, « Jacinthe, mets-y du tien ! » que leurs enfants entendaient de l'autre côté du rideau qui partageait la chambre. Cette phrase a traversé les générations, peut-être parce que c'était l'unique occasion pour toute sa descendance de rire de Jacinthe, de sentir la vie en elle...

Par un chaud et triste été, la famille de Jeanne apprend le décès d'un gendre d'arrière-grand-mère Jacinthe, aussi oncle de la maman de Jeanne, donc grand-oncle de Jeanne et accessoirement beau-père de la sœur de Jeanne, car mariée au fils de grand-oncle de Jeanne. Bon, tout cela peut paraître un peu compliqué, mais finalement n'a pas grande importance pour l'histoire... Bref, cet homme, gendre d'arrière-grand-mère Jacinthe, était quelqu'un de très aimé et de très apprécié. De tous. Pendant de nombreuses années, il a accueilli chez lui arrière-grand-mère Jacinthe, trop vieille pour vivre seule, ou trop seule pour embêter quiconque. Donc, à la mort de cet homme, la maman et la famille de Jeanne vont, comme il convient, présenter leurs condoléances à la famille de ce monsieur, et notamment à sa fille, qui vit dans la même maison. Comme il se doit dans ces cas-là, dans certains villages d'Italie, respectant une vieille tradition, les visiteurs apportent à manger, des paquets de pâtes, de sucre, de café, et cætera... et la famille du défunt propose un café et des petits gâteaux autour de la table. Pour l'occasion, Jeanne et sa famille sont installées dans le beau salon, celui où on va peu l'été, car il fait beau, et aussi parce ce qu'on ne gâte pas les beaux meubles.

Alors que la fille du défunt évoque l'amour des villageois pour son père, qui s'est manifesté par le nombre de kilos de pâtes, de sucre, et de café qu'ils ont reçus, jusqu'à remplir le garage, Jeanne regarde les photos sur le petit buffet du salon. Comme dans toutes les maisons de la descendance d'arrière-grand-mère Jacinthe, la photo de cette dernière, trône sur le meuble. Elle est plus grande que celle qu'il y a chez la maman de Jeanne. Le regard de Jeanne se pose sur cette photo et ne réussit plus à s'en détacher. Elle fixe, fixe, fixe, au point que tous se mettent à fixer Jeanne, puis la photo, puis tour à tour

Jeanne, et la photo, la photo, et Jeanne, Jeanne, et la photo...

Jeanne sent tous ces regards sur elle, et, dans le silence pesant de la pièce, dit très lentement et très distinctement :

- Elle a des cornes.

Pour la première fois depuis des années, à voir, regarder, fixer cette photo, des cornes apparaissent, flagrantes, au-dessus de la tête d'arrière-grand-mère Jacinthe. Comme si la mort de son gendre avait révélé, laissé place à la vérité sur le vrai caractère d'arrière-grand-mère Jacinthe ! Comme si elle venait les narguer ! Et tous regardent la photo, et tous voient les cornes, certains autour de la table se signent. Des cornes sont apparues sur la tête d'arrière-grand-mère Jacinthe ! Bien sûr, à partir de ce moment-là, à table, on oublie tout autre sujet de conversation pour s'occuper uniquement de ce portrait d'arrière-grand-mère Jacinthe. Certains prennent le cadre dans la main, en extraient la photo, comme si quelque chose se cachait au dos, la palpent, la regardent dans un sens, dans l'autre, à la lumière, pour y deviner une transparence qui n'existe pas, questionnent : « Vous l'avez fait refaire ? », mais rien, non rien, n'explique la présence des cornes.

Tout ça est complètement incompréhensible.

Il est temps de partir et tous se saluent ne sachant s'il faut remercier Jeanne ou lui reprocher d'avoir fait cette découverte.

L'été se termine ainsi, et un jour, la maman de Jeanne reçoit un appel de sa cousine, fille du gendre d'arrière-grand-mère Jacinthe qui les avait reçus ce jour-là. La conversation dévie sur cette photo.

- Dis-moi, est-ce que les cornes sont apparues aussi sur ta photo ?

- Ne m'en parle pas, c'est la première chose que Jeanne est allée vérifier sur la commode quand on est rentrés de vacances...

- Et ?

- Et oui, elles sont bien là, on ne les avait jamais remarquées...

- Tu sais, dit la cousine, le lendemain de votre venue, ton beau-frère est passé à la maison et je lui ai demandé s'il ne remarquait rien sur cette photo. Et bien, figure-toi, que même lui, qui a vu cette photo sur le meuble de sa cuisine depuis qu'il est marié à ta sœur, n'avait jamais remarqué les cornes, et que là, comme par enchantement, dès que je lui ai dit : « regarde la photo de l'arrière-grand-mère Jacinthe », il a vu les cornes ! C'est incroyable non ! Et bien, après ça, tes frères et sœurs ont défilé à la maison, ainsi que tous les neveux et nièces, et d'autres cousins aussi, qui connaissent cette photo depuis toujours, et ils ont tous vu la même chose : des cornes. Ils les ont aussi vues, après, sur les photos chez eux, alors qu'avant... RIEN ! Ils ont même décidé de faire leur petite enquête : ils sont allés chez le photographe du village où cette photo avait été prise, souviens-toi, c'est noté juste derrière. Bon d'accord, le photographe est mort, mais c'est son fils qui a repris la boutique et il n'a aucun souvenir de rideau ou autre chose, qui aurait pu être derrière, apparaître avec le temps et l'usure de la photo. Il a même fouillé dans les archives de son père, pour trouver des clichés de la même époque. Rien. Aucune corne, sur aucune photo ! Tout ça reste un mystère... Elle nous nargue ! Je n'ose plus la regarder ! Tu sais... surveille bien Jeanne, c'est elle qui a découvert ça et peut-être qu'elle communique avec les morts... ou... en plus, si tu me dis qu'elles sont aussi apparues chez toi...

Derrière cette dernière phrase, la mère de Jeanne perçoit une suspicion de paranormal, voire de sorcellerie, ou pire !... de possession.

Jeanne, flattée par la remarque de sa tante qui la situait comme une personne spéciale, avec un esprit allant au-delà des considérations humaines banales, passa de longues semaines à regarder les photos sur la commode de sa mère pour essayer de trouver d'autres indices qui lui permettraient de dévoiler d'autres mystères.

En vain.

L'hiver passe, puis le printemps, et avec l'arrivée des beaux jours, l'envie d'observer le manège des oiseaux depuis la fenêtre de la chambre de ses parents. Jeanne apprécie particulièrement ces moments calmes, loin des bruits de télé, de radio ou encore de conversations animées de sa mère et ses amies autour d'un café.

Un jour, alors que sa mère est à l'extérieur, en train de parler de choses et d'autres avec des amies qu'elle raccompagne, Jeanne s'en va vers sa fenêtre préférée, pour goûter la fraîcheur du soir, ainsi qu'une cigarette, prise en cachette dans le paquet que son père a laissé traîner dans la cuisine. Rien de tel, que le goût de l'interdit, même si c'est celui des gauloises brunes, sans filtre, qui raclent amèrement la gorge. Une fois la cigarette humée, appréciée, fumée, terminée, Jeanne vérifie qu'il n'y a plus aucune odeur dans la chambre, referme la fenêtre, et passe par ce fameux espace entre le lit et la commode, de profil comme il se doit, en saluant tous ses morts, comme à son habitude, avant de quitter la chambre de ses parents. Son regard se pose sur le portrait d'arrière-grand-mère Jacinthe, et le sourire qu'elle s'apprêtait à lui adresser se transforme en horrible rictus de terreur. Arrière-grand- mère Jacinthe semble lui sourire. Pour la première fois, Jeanne découvre les trois dents restantes dans la bouche d'arrière-grand-mère Jacinthe. Arrière-grand-mère Jacinthe sait sourire, arrière-grand-mère Jacinthe a des dents...

encore un mauvais tour d'arrière-grand-mère Jacinthe ! Mais non ! Elle est morte ! C'est la lumière ? C'est la gauloise ? Jeanne s'enfuit de la chambre, non sans se débattre dans ce petit espace qui semble ne pas vouloir la laisser partir et court rejoindre sa mère dehors, se prend les pieds dans l'escalier et tombe devant elle !

- Attention ! Qu'est-ce qui se passe Jeanne, on dirait que tu as vu un fantôme ?

Cette fois, Jeanne décide de ne rien dire, mais prend soin de vérifier qu'elle n'a perdu aucune de ses dents pendant sa chute.

LE COFFRE-FORT D'EMILIO

Le corbillard franchit les lourdes grilles du petit cimetière perdu dans les paysages vallonnés des Abruzzes. L'église s'est remplie au fur et à mesure de la messe et le cortège jusqu'au cimetière est important. Il faut dire qu'Emilio a beaucoup de cousins, cousines, peut-être encore aussi un ou deux oncles, qui eux, n'ont pas fait le déplacement à cause de leur grand âge.

De timides larmes sur quelques visages, Emilio faisait partie de la vie de tous, était apprécié de tous, mais l'espace de quelques instants seulement, l'espace d'une rencontre, d'un « ciao » de l'autre côté d'un trottoir, ou en attendant son tour à l'épicerie du coin. Emilio faisait tellement partie du village, des rues, du quotidien de tous, que plus personne ne le voyait vraiment. Personne, sauf peut-être son cousin, celui qui était revenu s'installer au village avec sa femme, après de nombreuses années à l'étranger. Allez savoir pourquoi, Lino le voyait, s'intéressait à sa vie, le matin, autour d'un café, au bar. Ils passaient du temps à discuter, de tout, de rien.

Oh, ils n'avaient pas grand-chose en commun, mais la solitude de l'un et l'humanité de l'autre avaient fini par se rejoindre autour de quelque chose comme un rituel, plutôt agréable.

Si Lino est très entouré, et a une grande famille, Emilio, lui, vivait seul. Fils unique, il s'était beaucoup occupé de ses parents, sans doute par amour pour eux, mais aussi à cause de ce complexe qu'il portait en lui depuis tout jeune. On eût dit que le corps d'Emilio s'était refusé à grandir davantage, et cette jambe qui peinait à avancer, le freinait dans ses amitiés, ses rencontres, dans sa vie, quoi. Il ne voyait que ça en lui, au point que les autres aussi ne pouvaient remarquer que cette jambe folle, et c'est ainsi qu'Emilio s'était enfermé dans ce corps et que, pour lui, il était devenu presque impossible d'imaginer le montrer et le sentir aimé par quiconque.

Pourtant, lui aussi aurait voulu à son tour fonder une belle famille. Il avait d'ailleurs essayé, à l'époque où la tendance était pour les personnes comme lui, de faire venir des fiancées des pays de l'Est, pour les épouser ensuite. Emilio avait fait une tentative, mais si son corps avait été abîmé à la naissance, son esprit, lui, était bien intact. Très vite il s'était rendu compte que ces « fiancées » étaient prêtes à tout, pour sortir d'un quotidien difficile, pour passer les frontières, être accueillies et pouvoir vivre leurs vies comme elles l'entendaient. Emilio ne voulait être ni un tremplin, ni un prétexte, il avait alors abandonné l'idée.

Vous l'aurez compris, Emilio se sentait seul, terriblement seul. Il passait son temps au village, se promenait, regardait, observait, toujours bienveillant, seulement bienheureux, de l'avis de nombreux villageois.

Emilio habitait une grande maison, à la sortie du village. Elle était au bord de la route et tout le monde pouvait la voir, mais personne ne s'y arrêtait jamais. Allez savoir pourquoi, une rumeur était née, on ne sait d'où. Il se disait que depuis le décès de son père, Emilio avait sombré dans une dépression et que sa maison avait été complètement négligée, qu'il passait tellement de temps dehors, dans sa voiture, au village, qu'il n'avait plus touché un balai ou une éponge depuis des lustres. Remarquez, personne n'affichait de dégoût pour lui, tous le plaignaient, mais nul ne prenait la peine d'aller le voir. Si ceci avait été le cas, la rumeur aurait changé, car Emilio prenait grand soin de sa maison, dernier lien avec ses parents qu'il avait beaucoup aimés. Mais...

chuuuttt... ne jamais déranger la rumeur, on ne sait ce qu'il pourrait advenir.

Par un triste jour de février, le souffle de Emilio vint à manquer, et il s'endormit pour l'éternité.

La nouvelle se répandit très rapidement dans le village, et au-delà, dans les monts environnants, jusqu'à l'étranger, où résidaient de nombreux cousins. Certains le connaissaient bien, d'autres seulement par son prénom. Comme personne ne pouvait rien reprocher à Emilio, tous furent très attristés par cette nouvelle. Certains tenaient à l'accompagner jusqu'à sa dernière demeure, d'autres n'étaient pas touchés au point de se rendre à ses funérailles.

Mais, au lendemain de ce décès inattendu, une autre rumeur commença à envahir les moindres recoins du village.

- Il avait un coffre.

- Un coffre ? Mais où ? A la banque ?

- Mais non...

- Mais où alors ?

- Chez lui voyons !

- Ah bon ?! Et qu'est-ce qu'il y a dans ce coffre ?

- Oooohhhh, beaucoup, beaucoup d'argent …

- Comment tu sais ça ?

- Il l'a dit au père d'un ami qui vit au Canada, un jour, il y a longtemps, avant de mourir, mon père me l'a dit.

Ce même jour, Lino reçut plusieurs coups de fil.

Le premier était celui d'un cousin qu'il n'a pas vu depuis, depuis… difficile à dire.

- Bonjour Lino, je t'appelle pour quelque chose de bien précis. Il se dit que le coffre-fort d'Emilio serait plein de…

- Quel coffre-fort ?

- Ah, tu dois bien être au courant, celui qui est chez lui…

- Ah bon, il avait un coffre-fort ?

- Je voudrais être présent quand le notaire l'ouvrira.

- Oui, mais qu'est-ce que j'ai à voir avec tout ça ?

- Je me trompe ou tu le voyais tous les jours ?
- ...

Un dialogue de sourds s'ensuivit, Lino n'étant au courant de rien, Mirco étant persuadé que ce dernier connaissait tous les secrets d'Emilio.

Plus tard dans la journée, c'est Paolina, sa belle-sœur qui l'appela. Paolina est une brave et belle femme, mariée au frère de Lino. Mais, comment dire, pas vraiment quelqu'un qui s'intéresse aux autres. Oui, Paolina préfère aller faire la sieste lorsque la famille de son mari vient, ou même aller rendre visite à sa mère. Bref, elle fait partie de la famille, mais s'en exclue dès que possible. Ce soir-là donc, elle appela Lino.

- Alors beau-frère, comment vas-tu ?

- Bien, et toi ?

- Je viendrai aussi quand le notaire ouvrira le coffre-fort....

- Attends, mais qu'est-ce que vous avez tous avec ce notaire et ce coffre-fort ?

- Ecoute, tout le monde en parle, il y aurait entre cinq cent et six cent mille euros dans son coffre-fort, et comme il n'a pas d'enfants, on est les héritiers.

- Paolina, il n'est pas encore froid, pas encore enterré...

- Bon, écoute, tiens-moi au courant.

Et Paolina raccrocha.

Le lendemain matin, les conversations allèrent bon train au marché. Combien vaut sa maison, et sa voiture, il doit bien y avoir aussi les bijoux de sa mère, et puis les meubles et tout et tout à vendre. Les terres ? Oui il en avait, mais combien d'hectares déjà ? Constructibles ou agricoles, la valeur est différente...

- On est combien de cousins en tout ?

- En comptant ceux à l'étranger ?

Silence...

- Ceux à l'étranger ?

- Ça ne les concerne pas !

- On devrait dire au notaire de ne compter que les cousins vivants pour l'héritage...

- Et leurs enfants ?

- Pppfff...

- Ma fille a commencé à compter le nombre de cousins, elle a fait une liste, il faudra vérifier...

Lino passa son chemin et ne rentra chez lui qu'avec des pommes. Il n'avait aucune envie d'entendre ce genre de choses, d'autant plus qu'il avait senti les regards pesants et soupçonneux des villageois sur lui. De même, il préféra ne pas aller prendre son petit café au bar, les quelques personnes présentes devant, n'avaient cessé de le fixer, attendant avidement qu'il entre pour en savoir plus. Mais que croyaient-ils ? Lino n'avait jamais abordé ces questions d'héritage avec Emilio, jamais ils ne s'étaient vus en secret, mais toujours à l'extérieur comme il est d'usage dans ces petits villages du centre de l'Italie. Désappointé et un peu écœuré, Lino décida d'ignorer pendant quelques temps ses cousins et de ne sortir que si nécessaire.

Il n'apprit que bien plus tard l'histoire qui suit.

L'un après l'autre, les cousins avides de l'argent qui ne leur appartenait pas, défilèrent à loisir devant la maison d'Emilio, cherchant un moyen d'y pénétrer afin de sonder la place du coffre- fort et la possibilité d'ouvrir celui-ci. Nino fût sans doute le premier d'entre eux. Un soir de pleine lune il pénétra par la fenêtre à l'arrière de la maison. Certes, les vieux volets en bois étaient fermés, mais un simple petit coup avec un pied de biche fit céder leur résistance. Nino fût surpris de l'état de la maison. Tout était bien rangé, bien entretenu, aucune poussière par terre, les poubelles avaient été vidées et tout sentait le propre, malgré les deux semaines qui s'étaient écoulées, et bien que la maison soit restée fermée pendant tout ce temps. Nino balada sa lampe torche sur tous les murs, mais rien n'indiquait la présence d'un coffre-fort. Il monta à l'étage, et la recherche du coffre-fort s'avéra encore plus rapide, car là aussi, dans les chambres, rien ne traînait et les murs étaient aussi lisses qu'en bas. Aucune présence de coffre-fort au mur.

Nino entendit du bruit.

Il descendit l'escalier lentement et aperçut une silhouette. Il l'éblouit de sa lampe torche, et reconnut le cousin Livio.

- Qu'est-ce que tu fais là ?

- La même chose que toi je pense.

Les cousins eurent un petit rire complice, bien évidement ils s'étaient donnés rendez-vous.

- Est-ce que tu as trouvé quelque chose ?

- Non rien, j'ai juste regardé les murs pour l'instant. On devrait regarder s'il y a des traces de cave sous le plancher.

- D'accord.

Mais Emilio, qui adorait entretenir sa maison, venait de refaire tout le carrelage. Aucune trace de cave, de sous-sol quelconque, de trappe secrète. Les deux cousins montèrent à l'étage. Ils recommencèrent une inspection minutieuse des lieux et ne découvrirent aucun coffre. Au moment où ils s'apprêtaient à franchir la fenêtre par laquelle ils étaient rentrés, ils entendirent un petit bruit. C'était Paolina.

- Mais qu'est-ce que vous faîtes là ?

- La même chose que toi sans doute.

- Et vous n'avez rien trouvé je suppose.

- Et bien non, on n'a rien trouvé.

- Ah oui vous êtes sûrs ? Ça fait combien de temps que vous êtes là ?

- Nino est arrivé avant moi, mais on a fait le tour de la maison deux fois et on n'a rien trouvé.

Paolina se refusa à être venue en pleine nuit pour rien chez Emilio. Alors avec ses deux cousins elle fit une nouvelle fouille des lieux. Les meubles furent tous déplacés, une première, puis une deuxième, voire une troisième fois pour certains. Ils décidèrent de se rendre aussi dans le grenier. Les toiles d'araignées étaient nombreuses, et empêchaient parfois d'avancer correctement. Apparemment, personne n'avait pénétré dans ce grenier depuis très longtemps. Ils commencèrent à fouiller de manière minutieuse, lorsqu'ils entendirent un grand fracas, provenant du jardin. C'était le cousin Fulvio, qui lui aussi avait eu la même idée. Le bruit avait couru que certains voulaient fouiller la maison, alors, pour ne rien perdre, beaucoup de cousins étaient venus se rendre compte par eux-mêmes de la situation.

Il était deux heures du matin, et une vingtaine de personnes étaient réunies dans la cuisine. Elles s'étaient installées et avaient ouvert plusieurs bouteilles de vin, entamé les fromages et charcuteries qu'elles avaient trouvés, et au fur et à mesure que les bouteilles s'alignaient, vides, sur la table, elles commençaient à être un peu plus éméchées.

- A la santé d'Emilio, voilà une bouteille que d'autres n'auront pas !

- Mais il est où ce maudit coffre-fort ?

- Et s'il était caché dans un mur ?

Tous regardent le cousin Tonio.

- Comment ça dans un mur ?

- Vous savez bien, son père était maçon et plutôt bon travailleur !

- Oui, mais tu crois qu'il aurait pu cacher un coffre et...

- Oui, le recouvrir avec du plâtre pour que personne ne le trouve.

Un grand silence se fit dans la pièce, et tous envisageaient cette éventualité, et pesaient rapidement le pour et le contre. Les bouteilles, vidées, avaient maintenant recouvert la table de la cuisine, les voix devenaient de moins en moins claires, et les pas de plus en plus chancelants.

C'est Marco qui donna le premier coup de marteau sur un mur.

Un grand cri de joie retentit dans la maison, comme s'il s'agissait d'une inauguration, d'un baptême, d'un acte héroïque.

- Bravo !

D'autres rejoignirent Tonio et les coups s'abattirent sur tous les murs avec les outils à portée de main : pique feu, marteau, pied de biche, et même une casserole que Paolina agitait frénétiquement. Ils se mirent à entonner une chanson, puis une autre, le manteau de la cheminée devint un amas de pierres, la poussière avait envahi maintenant la pièce. Parfois une pause s'imposait et les jambons, suspendus, les fromages, et autres saucisses étaient jetés sur la grande table, avant d'être dépecés et engloutis, sans désir aucun, seulement par goût du profit, par dépit ou sourde vengeance.

- A la tienne Emilio ! Encore un jambon que d'autres ne mangeront pas !

- Et le fromage ! A la tienne !

- Ah il se régalait bien le cousin...

- Qui aurait cru, à le voir si discret !

- A la tienne !

Les rires fusaient, les voix étaient de plus en plus rocailleuses, les mots de moins en moins précis, les coups de moins en moins forts.

Tonio se saisit d'un vieil accordéon, qui n'avait pas servi depuis des lustres et se mit à jouer des refrains que tous entonnèrent. L'accordéon sonnait faux, quelques touches avaient disparu, mais peu importe, l'ivresse avait envahi la maison et presque plus personne ne chantait la même chanson. Jamais de mémoire, ils n'avaient autant ri, ni ne s'étaient amusés, entre cousins. D'ailleurs, s'étaient-ils un jour retrouvés ainsi, tous ensemble ?

Le jour se leva et exposa leurs corps endormis, ivres, certains salis par leurs propres déjections, d'autres vautrés au milieu des jambons, d'autres encore entassés sur les débris de murs. De la nourriture, des bouteilles cassées jonchaient le sol, une odeur de vin et de poussière flottait dans la pièce.

C'est ainsi que les trouvèrent le notaire, accompagné du prêtre, qui venait lui présenter, et évaluer la maison qu'Emilio avait léguée à la paroisse.

SOUS LES JUPES DES FEMMES

Les talons claquent sur les pavés. Les pas s'activent, et rythment le doux son, qui initie la mélodie du printemps. Les voix sortent de leur torpeur et interpellent, « Ciao Bella Come stai ? » Les compliments fusent, bientôt ce sera l'été.

Sofia a refait sa vitrine. Sa boutique a pignon sur rue. C'est une des plus belles du village, les articles sont chers, mais d'excellente qualité. D'ailleurs, ceux qu'on nomme les étrangers, mais qui sont nés ici, et reviennent chaque année, les touristes et les amateurs de belles choses ne s'y trompent pas.

Tous les étés, Diana y retourne, elle n'a besoin de rien, peu importe ! C'est un peu une revanche sur son enfance ; pour elle le plus beau magasin du village, le plus cher alentours, celui qui habille les mariés, leurs témoins, leurs invités.

Ici on voit de belles choses, de la soie, du taffetas, même du cuir de kangourou pour embellir les pieds !

C'était le début des vacances. Mais ce matin les volets de la boutique étaient fermés.

Diana essaya tout de même d'ouvrir. Une femme l'interpella.

- Il n'y a personne.

- On est mardi, ça devrait être ouvert ...

- Eeeehhhh ...

La voisine ferma ses volets.

Diana s'éloigna et décida d'en profiter pour faire quelques achats à l'épicerie du coin.

- Quatre-vingt-cinq soixante, s'il vous plaît.

- Sofia n'ouvre pas aujourd'hui ?

- Eeeehhhh...

Diana quitta la boutique. Elle avait du temps devant elle et vit ses filles en terrasse.

- Viens maman assieds-toi et bois un café.

- J'étais partie pour aller chez Sofia et m'acheter quelque chose et le magasin est fermé, et chaque fois que je demande à quelqu'un pourquoi, on me répond : Eeeehhhh...

- Trop bizarre, dis la plus jeune en éclatant de rire.

- Tu devrais demander à Tante Lucie, elle doit sans doute être au courant. Après tout, Sofia est la fille de sa voisine.

- Ce n'est pas bête. Je vais aller voir Tante Lucie, d'ailleurs j'ai acheté deux ou trois petites choses pour elle.

Diana se dirigea vers la maison de tante Lucie. Elle était située dans la partie ancienne du village.

- Ciao Lucie, je t'ai apporté quelques bricoles, je me sers un petit verre d'eau, j'ai une de ces soifs... Au fait, je suis passée chez Sofia, c'est fermé.

- Eeeehhhh...

- Eeeehhhh... Mais vous êtes tous devenus chèvres ! Eeeehhhh eeeehhhh

Mais Tante Lucie ne voulut pas en dire davantage.

Alors, Diana demanda à ses filles d'inviter leur amie Tina, commère officielle du village.

L'après-midi suivant, Tina, un mètre cinquante-deux, poitrine en avant, arriva, franchit le pas de la modeste demeure de Diana, et garante du savoir, s'installa.

- On dit que trois fois par semaine, elles partent à Pescara.

- Qui elles ?

- Il y a Sofia, Nina, la serveuse du petit restaurant sur la place, Linda, de l'épicerie, Maria, la coiffeuse et Claudia, l'employée communale.

- Et alors, qu'est-ce qu'il y a de mal à aller à Pescara ?

- Eeeehhhh...

- Ah non ! tu ne vas pas t'y mettre toi aussi !

- Eh bien, soi-disant, elles font... les américaines...

- Les américaines ?

- Oui ça s'appelle comme ça, les ... escortes... elles auraient loué un appartement et couchent avec des hommes riches.

- Toutes en même temps ?

- Comment ça toutes en même temps ?

- Je ne sais pas, tu me dis qu'elles vont ensemble à Pescara, toutes les cinq... ou alors l'appartement est vraiment très grand, tu sais combien ça coûte un grand appartement au bord de la mer ?

- Non...

- Moi non plus, mais c'est sûr, c'est hors de prix ! Elle ne tient pas debout cette histoire !

- Et bien, debout, assise ou couchée, cette histoire leur a fait beaucoup de mal. Toutes les langues du village ont commencé à parler d'elles.

En tout cas, un jour elles en ont eu marre des rumeurs, alors elles ont voulu piéger tous ceux qui les critiquaient.

- Mais qui ça ?

- D'abord, les hommes, ils bavaient tous en les regardant, mais ça ne les empêchait pas de les suivre du regard dans la rue, et de faire les malins, en leur proposant des rendez-vous. Il y en a même qui faisaient des bruits obscènes quand elles marchaient dans la rue. Et puis il y a eu les pires : les femmes. Mi jalouses, mi aigries, elles les insultaient, comme ça, sans raisons, à voix haute. Un jour, Sofia a même vu l'une d'elle, tu sais Rina, la femme de Paolo...

- Non je ne sais pas...

- Mais si, ils habitent près du monument, elle critique toujours tout le monde !

- Si c'était la seule, mais continue, on s'en fiche...

- Et bien elle est entrée dans sa boutique pour l'insulter, alors que le magasin était plein ! Tu imagines ça ! Tu vois, tu essaies une robe de mariée, sensée marquer le plus beau jour de ta vie, il y a ta mère, aux anges, ta belle-mère, amère de voir que son fils va la quitter pour toi, et donc, qui te trouve tous les défauts, tes demoiselles d'honneur, un mélange d'émotions quoi, et là... une furie entre dans la boutique et insulte la patronne ! La mariée a éclaté en sanglots !

- Pourquoi ?

- La mère de la mariée et la belle-mère ont commencé à se disputer, parce que la belle-mère voulait aller ailleurs au départ et...

- Bref, et alors...

- Eh bien, figures-toi que l'agenda de Sofia s'est petit à petit vidé, tous ses rendez-vous annulés, comme si on lui avait jeté un sort, comme par désenchantement !

- Mais pourquoi elle a fait ça, cette... Rina ?

Tina haussa les épaules et poursuivit :

- Et Nina la pauvre !

- Qu'est-ce qui s'est passé ?

- Elle en a perdu son travail.

- Ah bon ?

- Oui, tu sais elle travaille à la trattoria, elle a eu plusieurs coups de fil pour des réservations. Le restaurant était complet et le patron a fait le plein de produits frais, ils sont spécialisés en poissons, la patronne a refusé des réservations sur trois jours. Et tu sais quoi ?

- Non...

- Personne n'est venu, pas un seul client. Ils ont fait ça intentionnellement, pour que les patrons mettent Nina dehors.

- Et c'est ce qu'ils ont fait ?

- Et ben oui, ils ont eu peur que ça recommence régulièrement. Pauvre Nina, son mari est mort, elle n'avait que ce travail pour élever ses deux enfants.

- Bon, mais alors, tu me disais qu'elles les avaient piégés...

- Ah oui ! alors je vais te dire ce qu'elles ont fait...

Tina posa un silence, long, plein de sens et de mystère.

Diana écarquilla grand les yeux.

Son souffle était suspendu aux lèvres de Tina.

- Et ?...

- Je vais te le dire. Avant je reprends un petit gâteau. C'est toi qui les as faits ?

- Oui. Je vais prendre une petite boîte, tu ramèneras le reste chez toi.

- Oh merci ! Tu les fais comment ?

- Ce n'est pas compliqué.

- Mais tu pourras me donner la recette ?

- Bien sûr !

- On sent bien la cannelle...

- Oui, mais ne t'inquiètes pas, je te dirais tout ce qu'il y a dedans... Mais...

- Qu'est-ce que c'est bon...

- Bon alors, c'est quoi le piège ?

- Ah oui, c'est vrai, tes gâteaux sont tellement bons, ils m'ont troublée...

- Oui, mais donc...

- Donc je veux bien la recette...

Diana commença à s'impatienter.

- Et alors, les hommes...

- Ne m'en parles pas, depuis qu'on s'est sépa-rés avec Nino, je n'ai rencontré personne d'autre.

- Et bien, tu aurais dû partir à Pescara avec les autres femmes, tu aurais peut-être rencon-tré le bon, lâcha Diana, lassée, à court d'argu-ments pour connaître la fin de l'histoire.

- Ah oui. Bon. Elles ont donné discrètement rendez-vous aux hommes du village qui les provoquaient.

- Elles sont tombées bien bas.

- Mais non. Elles ont aussi donné rendez-vous à leurs femmes, celles qui les insultaient ou-vertement dans la rue.

- Je ne comprends pas...

- Et bien elles ont donné rendez-vous aux hommes à Pescara, et au lieu de trouver Sofia et compagnie, ils ont retrouvé leurs femmes au rendez-vous.

- Pourquoi elles y sont allées les femmes ?

- Un faux message, elles étaient censées découvrir, épier, ce que faisaient nos fameuses escortes...

- Ah ah ah ... et alors ?

- Eeeehhhhh.....

- Tu recommences !

- Eeeehhhhh.... Pardon ... Le lieu de rendez-vous était la Pinède, à Pescara, en bord de mer. Les hommes s'y sont retrouvés par hasard, et on dit que leurs femmes leur ont arraché les cheveux.

- Mais elles ont compris ?

- Bien sûr, aucun d'eux n'avait de raison de se trouver là. Pietro avait dit qu'il avait une réunion syndicale, Luigi, qu'il allait aider le prêtre à la paroisse, Sergio qu'il allait voir sa mère... Et puis elles avaient toutes reçu des messages anonymes !

- Ça leur apprendra à critiquer !

Après un long silence, Tina, sur un ton sarcastique, avoua que plus jamais personne n'avait cherché à savoir ce qui se passait à

Pescara, ni le pourquoi des escapades hebdomadaires.

Diana mit les gâteaux restants dans une petite boîte, signifiant ainsi à Tina, qu'il était temps de partir.

De tout l'été, aucune de ces cinq femmes ne se montra au Grand Café, ni à la passeggiata le soir. Le village avait cessé d'exister pour elles, mais l'horizon était vaste et les possibilités infinies.

Sofia n'ouvrit pas son magasin, Diana passait chaque fois devant, malgré tout, dans l'espoir de l'apercevoir, de lui manifester son soutien, de faire quelque achat, davantage pour Sofia que pour elle-même, mais jamais elle ne la vit. A la fin de l'été, une affiche fut placardée sur la porte « SI VENDE ».

A chaque heure du jour ou de la nuit, les envies pressantes, réminiscences d'un instinct animal jusque-là insoupçonnées, se réveillaient chez certains hommes du village, qui plutôt que d'appeler leur épouse pour partager un moment bestial dans la torpeur de la sieste, préféraient aller faire un tour sur la Tiburtina déverser leur fiel.

Coco la Belgique dit à qui voulait bien l'entendre, qu'elle et Nini Gambe Lunghe n'avaient jamais connu été aussi chaud !

LE FILS

Un petit appartement dans le centre du village. A travers les volets fermés, le soleil trace des lignes régulières sur le sol. Les murs épais ne suffisent pas à repousser la chaleur. Des coups, puissants, sur la porte. Silvia sort de sa torpeur, difficilement. C'est Romi, sa belle-sœur, qui tambourine frénétiquement, à s'en blesser les poings. Elle est venue la chercher.

La voiture sillonne le village à vive allure. Romi conduit, elle veut parler, mais ne parvient pas à articuler. Les mots lui manquent, et ceux qu'elle parvient à expulser sont noyés dans une mare de larmes, de sanglots, inaudibles, incompréhensibles, interdits, impossibles. Silvia semble ne pas l'écouter. Elle fixe la route. Le paysage défile, trop vite, elle peine à le reconnaître... ces peupliers, si familiers, ces roseaux, si frais habituellement, la chaleur l'étouffe, l'emprisonne, et le vent, à travers les vitres baissées, l'agresse plus que ne la caresse.

Au bout du chemin cailouteux, la maison est là, imposante, reste d'une noblesse déchue, d'une vie passée.

Silvia se revoit, enfant, se cacher dans ce grand et beau jardin, envahi aujourd'hui par les mauvaises herbes. Ses yeux se ferment, instinctivement. Elle les revoit, sa mère, sa grand-tante, son grand-père, cette façade de bonheur qu'on donne à voir, pour mieux cacher la misère du dedans, du honteux, de la violence. Des fresques sur les murs, autant d'énigmes... Qui habitait cette maison avant eux ? Silvia se remémore, elle est enfant, ses dessins, ses esquisses, elle est peintre et veut reproduire, elle est témoin et veut restituer. Bulle dans laquelle se lover pour échapper aux cris du père, à la souffrance sourde de la mère. Il est du bleu, pas celui du ciel, pas celui de la mer, pas celui des sources qui les entourent, du bleu sombre, sans éclat, triste et amer, du bleu qui vient tâcher le corps endolori de sa mère, de son frère.

Silvia sent son ventre se fermer, son estomac frémir, non, elle ne peut pas s'effondrer, non, pas maintenant.

Mère et grand-tante ne sont plus là Se sont-elles jamais laissées submerger, elles ? Grand-père, maintenant, peine à vivre.

Il y a tellement longtemps...

Elle se revoit, elle, petite. Elle se réfugie dans les sourires, dans les yeux verts de sa mère ; sa voix, à nouveau l'enveloppe, c'est un écrin dans lequel elle se laisse bercer. L'image se fige. Son père surgit, interrompant cette douce magie. Lui aussi veut des câlins. Silvia n'ose pas protester. C'est au-delà de ses forces, tout comme avancer. Grand- père a détourné le regard. Elle regarde sa mère, sa grand-tante, le vert de leurs yeux s'est embué de larmes non avouées, dissimulées. Silvia ne dit rien, elle a peur du bleu, elle le suit. Seul son frère s'oppose, le regard du père devient noir, il saisit le premier objet à portée de main, marque le visage de son frère, comme au fer blanc, d'une cicatrice qui barre son sourire à jamais. Le silence revient, lancinant, sourd, meurtrier.

Le corps entier de Romi est secoué de sanglots, elle ignore ce qu'elle va trouver. Oh !

Comme elle l'a aimé ce garçon. Comme elle l'aime encore, malgré leur séparation, malgré sa trahison. Très vite, elle s'attache à sa sensibilité, à sa fragilité, à son grain de folie. Lui, l'aime. D'un amour fou, inconditionnel. Il l'a choisie. A peine sa sœur Silvia mariée, et partie de la maison, il s'autorise à vivre, à tenter le bonheur. Mais il reste tant de chemin, d'embûches, d'obstacles, de réminiscences à vaincre, à surmonter. Un tel chaos dans sa tête ! Romi veut l'aider, être à ses côtés, mais elle le comprend, à ses dépens, lui seul peut anéantir les démons contre lesquels il se bat, depuis si longtemps. Ils sont là, présents, refusent de s'éclipser, ne serait-ce que très peu de temps. Ils sont là, à la naissance de son fils, assis à la droite de sa femme, le jour de son mariage, sur tous les pavés qu'il frôle, dans les regards de ses amis, qui ignorent et ne comprennent pas. Ils sont là, dans sa tête, dans son lit, dans son corps, ils s'imposent de jour comme de nuit, comme seule vérité. Ils sont là, le violent et l'impuissant, celui qui exige et celui qui depuis si longtemps a renoncé. Son père, son grand-père, lequel l'entraînera vers ses propres démons, le submergera jusqu'à l'anéantir ?

Romi tente de comprendre. Elle ne peut pas, c'est la seule chose qu'elle a compris. Les démons se sont immiscés entre eux, pervers, pernicieux, sournois. Romi ne peut plus, n'a plus la force. Lui a peur, de cette peur viscérale, qui vous tord l'estomac, qui vous empêche de respirer. Il est père à son tour, comment faire, il ne s'autorise aucune marque d'amour, il ne sait pas faire. Alors, il détruit, s'éloigne.

Il part, loin, puis revient, puis repart. Il est beau, il s'affiche avec les plus belles, risque sa vie au rythme fou des plus grosses voitures.

Paraître, oui, paraître pour ne pas disparaître, paraître pour se dissimuler à soi-même, paraître pour se mentir et mentir à la terre entière. Il est l'impresario d'un été, il est le musicien méconnu, le peintre maudit, il est aussi le braqueur, le bagarreur, l'excessif. Il défie les règles, que ce soit dans le bon ou le mauvais, il ne parvient pas à se créer une identité, à trouver son identité. Amateur, amateur dans tout, il est toisé par son père, ignoré par son grand-père, moqué par ses amis, provoqué par ceux qui le détestent. Et ils sont nombreux. Alors il les nargue, s'affiche, les met au défi, se pavane, les pousse dans leurs limites, s'en amuse, jusqu'à se faire agresser, couvrir de coups, massacrer, c'est ce qu'il veut, ce qu'il recherche.

Et puis vient la sentence : assigné à résidence. Pour un énième méfait commis, oh pas grave, mais la police a chargé son dossier. Petit délinquant auquel on doit donner une bonne leçon. Mais enfin, ce jeune de bonne famille ! Père qui plus est ! Au moins il pourra se calmer, réfléchir, s'occuper de son père, de son fils. Tous les matins, tous les soirs, il doit pointer à la gendarmerie.

Assigné à résidence, mais lui, ne sait plus où est sa résidence. Plus avec sa femme et son fils, alors d'instinct, il donne son ancienne adresse, celle de son père. C'est là, la punition qu'il s'inflige.

Longues journées sous le regard méprisant du père. La mère n'est plus. La maladie l'a emportée il y a quelques mois. La grand-tante, lasse, a suivi . Le grand-père s'est perdu dans sa tête, il reste là, sur sa chaise, près de la fenêtre, face au grand jardin. Les peupliers, qui tous les jours s'agitent dans le vent, sont autant de personnages qui s'animent devant lui, il les nomme, parfois leur parle. Ils restent là, eux seuls sont là pour lui, ils sont comme un rideau vert qui le protège. Leur vie annule la tristesse de cette maison, pour un temps, pour une heure, une après-midi. Ils transportent avec eux la légèreté des sources qui naissent dans ses montagnes, leur fraîcheur, leur vivacité, grands pantins d'un monde imaginaire.

Il sait la présence du fils. Il la ressent, il perçoit son mal être. Son corps, qu'il peine aujourd'hui à maîtriser, frémit parfois, s'agite, pressent. Il pleure en silence. Il pleure la médiocrité de son impuissance.

Pour le fils, les fresques sur les murs sont autant de souvenirs qui ressurgissent, autant d'épisodes douloureux qui viennent percuter son esprit torturé, autant de dessins qui le ramènent à la bulle qu'il tentait de se construire, pour échapper à la violence de son quotidien.

Plus personne à qui se raccrocher. Les yeux de sa mère se sont clos, le corps de sa mère, amaigri sur son lit d'hôpital, enveloppe vidée de sa matière, vidée de sa substance, enfin libérée de ses souffrances. On dit que les morts semblent beaux et apaisés. En elle, il ne voit que fatigue, lutte vaine et inutile.

Silvia ne vient plus à la maison. Se confronter à ce père lui est insupportable, impossible. Cet écrin de verdure, qui abrite la maison familiale, fait rêver et emporte par sa féerie tous ceux qui s'y perdent. Pas elle. Pour elle, il n'est qu'illusion, chimère. Les sources sont autant de larmes versées, les roseaux, autant de caresses perfides.

Le père ouvre la porte. Aucune émotion sur son visage. Il les toise. Il leur désigne du regard le seau, les serpillières, les produits dans le seau, le balai. Une odeur forte de poudre et de fer interrompt ce moment.

Grand-père est assis devant la fenêtre, une flaque sous sa chaise Son regard semble s'être figé au-delà des vitres. Il ne les a pas entendues. L'accolade de Romi ne la distrait pas. Son esprit s'est absenté. Le père s'assoit à sa place habituelle à table et demande à Silvia de lui préparer des pâtes. La sauce tomate est prête. Il est impatient.

Il a faim.

C'est la fête au village, on entend jusqu'ici, les cloches des églises, les chants de la procession.

Le sol est éclaboussé de matière étrange, blanche et gélatineuse.

Le fils gît dans une flaque de sang, une carabine posée près de lui.

BALADE AU CHANT DES GRILLONS.

Le cimetière est un lieu incontournable. Tous les ans, quand ils retournent dans leur petit village du centre de l'Italie, pour y passer leurs vacances d'été, Francesca et les siens vont saluer leurs morts. Grand-père Francesco et grand-mère Maria.

Francesca, dépitée, un peu plus chaque année, ne peut s'empêcher de penser : "C'est quand même étrange de voir mon nom sur une tombe, à une voyelle près ! ". Oui, bien sûr, elle le sait, c'est la tradition d'appeler ses enfants comme ses parents dans la famille ; mais quand même, il est vraiment étrange de voir son nom sur une tombe. On dirait qu'elle vous attend, qu'elle est là, prête à vous engloutir, et malgré le fait que vous soyez éveillés, vos yeux ne peuvent plus s'ouvrir et vous n'avez plus assez de mots ni de voix pour dire « Au secours sortez-moi de là ».

Le pire c'est quand elle va sur la tombe de ses grands-parents maternels. Là, il y a le nom de sa sœur aînée, et le hasard a voulu que cette sœur, Anna, épouse un garçon,

Marco, qui a le même prénom que son autre grand-père. Donc en résumé, sa sœur et son beau-frère portent les prénoms qu'il y a sur la tombe de ses grands-parents maternels. Tout ça paraît absurde, c'est pourtant la réalité de ces générations qui se succèdent et qu'on pourrait presque enterrer les unes sur les autres, sans en changer les noms, tout au plus en gommant une voyelle, pour la remplacer.

Bref, avec le temps, le cimetière s'est rempli de personnes connues, aimées, regrettées, pleurées, trop jeunes pour mourir, trop belles pour vieillir, trop vivantes pour s'éteindre lentement. Les balades au cimetière sont de plus en plus longues, le cimetière trop petit, et une extension, nouvelle, a vu le jour.

Tous les ans, on se dit que la partie ancienne est la plus belle. Les cyprès ont atteint leur taille définitive, et sous le vent de l'après-midi, entonnent avec les grillons une mélodie harmonieuse, tout en déposant généreusement sur les tombes leurs feuilles et leurs petits fruits ronds. Les stèles, souvent en pierre, avec le vent et l'humidité, malheureusement s'effritent, mais contribuent à la triste authenticité d'un passé qui s'efface lentement.

Une sculpture, d'une institutrice, assise, entourée de deux enfants studieux, arrache vos premières larmes. On regarde les dates, le prénom, et on se laisse aller à imaginer sa vie. Jeune femme douce, belle, calme, violemment enlevée aux siens par les bombes. Qu'est-il resté de son corps, pour éprouver le besoin de le restituer, entièrement, fidèlement, ainsi, quelques années plus tard ? Qui sont ces deux enfants auprès d'elle ? Des élèves, oui, bien sûr, mais qui aurait autorisé ses enfants à apparaître, là, sur une tombe ? Francesca se dit qu'elle n'aurait pas prêté le visage de ses enfants pour ça. Voir son prénom sur une tombe peut être traumatisant, alors le visage de ses propres enfants, n'en parlons pas !

Les tombes sont très rapprochées, comme si on avait voulu que les morts soient moins éloignés, moins seuls, plus proches simplement des êtres autrefois aimés.

Tiens, par exemple, il y a celle de Nino. Il est parti un an après sa mère. Lui, s'est suicidé. Et bien sa tombe n'est pas totalement alignée avec les autres. Faire en sorte qu'il soit proche de sa maman, pour qu'elle le console de ce mal-être qui l'a poussé au geste fatal. Une urgence pour ses frères et sœurs. Pour eux, il est redevenu l'enfant fragile, que leur mère connaissait si bien. Alors ils lui ont fait une place, là où ils pouvaient, comme ils pouvaient.

Il y a aussi la jeune Anna Maria, simple croix en fer, morte dans un accident de voiture. On dit d'elle qu'elle avait sombré dans la drogue, que c'est aussi à cause de ça qu'elle est morte. Elle n'avait pas vingt ans, elle avait un enfant, petit, on ne sait pas par qui il a été recueilli, sa mère l'avait mise à la porte après qu'elle se soit faite « engrossée » par un inconnu. Alors est-ce que sa mère a bien voulu recueillir son enfant ? Les questions restent à l'intérieur de ces murs.

La dernière fois que Francesca y est allée, elle a vu que Tonino, le contrebandier était parti aussi. Celui-là, il vendait des cigarettes de contrebande à tous les jeunes du village. Tiens, il avait une fille, c'est marqué sur la plaque devant.

Et puis, il y a le carré des indigents, des morts à la guerre, des enterrés à la hâte, comme le grand-père de Francesca. Pas assez d'argent à l'époque pour lui offrir une belle tombe, alors, des années plus tard, la famille a décidé d'offrir une nouvelle sépulture à ce grand-père, celui qui partage le même prénom avec Francesca, à une voyelle près. Ils ont épluché les registres, anciens, poussiéreux, pour retrouver le carré où était le grand-père. Nouvelle mode dans les cimetières : des casiers, dans de longues barres, type HLM, à plusieurs étages. De quoi désencombrer les cimetières, car c'est bien connu, ils se remplissent, plus qu'ils ne se vident. Donc, dans ce casier, au troisième étage, il y a grand-père Francesco, et une photo de grand-mère Maria. Grand-mère Maria est morte pendant la guerre, dans un sanatorium, trop éloigné pour qu'on puisse faire rapatrier son corps., Maria, est le deuxième prénom de Anna, le deuxième de Francesca aussi, qui, s'est retrouvé premier, dès sa première année d'école. Oui, je m'explique, tout cela est très simple en fait.

Ecole maternelle, France :

- Comment s'appelle votre fille dit la maîtresse.

- Francesca répond la mère.

- Ce qui veut dire, en français ?

La sœur de Francesca est là, elle est très jeune aussi, une dizaine d'années à peine.

- Françoise...

- Non, c'est Francine dit la sœur de Francesca, comme Sœur Marie-Francine, qui nous fait le cathé...

- Oui, dit la mère, qui maîtrise encore peu le français, et veut faire plaisir à sa fille.

- Donc, Francine, très bien, je préférerais qu'on l'appelle ainsi à l'école, tellement plus simple à retenir pour les enfants !

- Marie- Francine, c'est plus joli dit la sœur de Francesca, enjouée.

- Oui, d'ailleurs je vois que Maria est son deuxième prénom. Donc, ici, ce sera Marie-Francine.

Difficile de contredire l'autorité naturelle du savoir pour la mère de Francesca. Qui de plus avisé que l'institutrice sait ?

C'est ainsi qu'on a tué Francesca, qui est devenue Marie-Francine, et qu'on l'a enterrée à la même place que son grand-père !

Jusqu'à l'appel à l'entrée en sixième, sous le préau, dans sa tête, elle est Marie-Francine. Alors, quand elle entend son nom, suivi de Francesca, et qu'elle sent la main de son père l'accompagner tendrement pour qu'elle rejoigne le rang, elle réalise que c'est elle qu'on appelle.

Francesca, détestera à vie ce prénom Marie, et de nombreuses personnes, habituées à l'appeler Marie-Francine, ne parviendront jamais à vraiment la nommer par son vrai prénom. Elle sera Fran, Franny... même sa mère aura du mal avec ce prénom qu'elle lui a pourtant attribué, mais qu'elle a fini par oublier. En Italie, c'est Marie- Francine, imprononçable, pour tous, en France, à l'école, la fac, au travail, elle reprend son prénom, officiel, qu'elle commence par apprivoiser, puis adorer, Francesca.

Francesca, ce prénom d'enfant d'immigré, devient avec les années Francesca, prénom qui fait penser aux vacances, au pays berceau de l'histoire, de l'art et de la renaissance. Pour Francesca, c'est juste son identité, qu'on a niée, flouée. Nul ne s'en aperçoit, nul ne veut voir la fracture immense, ce séisme encore présent en elle. Elle s'interroge. Comment quelque chose qui peut sembler aussi anodin pour d'autres, est si clivant pour elle ? Comment s'affirmer quand on vous nie ? Elle le sait, elle n'est pas seule dans ce cas.

Pour certains, le prénom a été seulement francisé, on a remplacé le « a » final par un « e », pour d'autres, comme elle, on l'a modifié. Comment l'ont-ils vécu ? Poser la question à d'autres ne lui vient pas à l'esprit, comme si ce traumatisme, tellement enfoui, était impudique, inénarrable, car inenvisageable pour certaines personnes. Elle se nie à son tour, en rit, moque ses propres réactions, ses propres ressentis, raconte son histoire comme une simple anecdote, oui, car bien sûr, depuis, plus d'un demi-siècle est passé, les choses ont changé. Quand elle se réfère à Marie-Francine, en évoquant le souvenir de sa mère, elle se doit d'expliquer pour que son interlocuteur comprenne, mais ne s'y attarde pas, gomme aussi vite qu'elle le peut, ce prénom qu'elle ne supporte plus d'entendre.

Une confusion s'installe, aussi chez certains de ses amis, qui pensent que son vrai prénom est Marie-Francine, mais que

Francesca est pour elle une manière de reven-
diquer ses origines, une traduction embellie
de son identité. Supercherie. Entendre l'ac-
cent prononcé de sa mère l'appeler Marie-
Francine, c'est entendre la volonté d'intégra-
tion de l'enfant née sur cette terre de France,
alors qu'il n'en est rien. Ça ne passe juste pas
par là.

Juste une supercherie. C'est juste la volonté d'une « maîtresse » à l'école maternelle.
L'enfant est juste Francesca. Elle est niée. Et
cela la poursuit. Encore. Une candidate à un
jeu télévisé s'appelle Marie-Francine, une héroïne (beaucoup plus rare), se prénomme
ainsi ? Elle est surprise, une sorte d'amertume
l'envahit, et un frisson, presque imperceptible
mais réel, la parcourt.

Bref, je m'égare.

En allant sur la droite, on accède au cimetière, le nouveau. Bien moins agréable. Pas
d'arbres centenaires, comme dans l'ancien.
On y a chaud, trop chaud. Le marbre a remplacé la vieille pierre et cette froideur, mêlée
au soleil caniculaire de l'après-midi, confère à
cet endroit une certaine austérité, accentuée
par les tons de gris et ivoire qui prédominent.

C'est une impression étrange, les belles et luxueuses tombes des notables atténuent l'émotion que l'on ressent, lorsqu'on parcourt les barres mortuaires modestes à la recherche d'amis disparus, d'accidents, d'overdoses ou simplement de maladies. Ils sont tous là, et pourtant Francesca ne retrouve pas le nom de Pietro, elle aurait aimé le saluer, lui dire qu'elle avait apprécié de le rencontrer, de le connaître un peu plus, bien que tardivement. Oui, elle l'a connu, déjà adulte, c'était un homme particulièrement cultivé, intelligent, et tellement drôle !

Sa sœur et ses enfants la pressent, il faut y aller.

-       Oui, j'arrive...

Ils sont partis, déjà tous dehors. Ses enfants, viennent pour lui faire plaisir, mais elle le voit bien, son plaisir à elle n'est pas partagé. Elle, elle resterait bien encore un peu, là, à flâner, à passer en revue des vies imaginées, aux rêves insensés, ces destins brisés.

« Au revoir ma tante adorée, tu m'as tellement gâtée d'amour, tu m'as tant fait rire, toi, et ton petit grain de folie que j'aimais pardessus tout, tu as vu, il y a encore plein de chats, là, en bas, décidément, ils ne t'abandonneront jamais ! Tu as remarqué, on t'a placée au dernier étage ! Tu domines, tu nous l'avais dit, que tu ne serais jamais soumise !

Passe le bonjour de ma part à tous tes amis de la rue de la Terre..., à l'année prochaine, j'espère, je reviendrai pour une balade au chant des grillons ».

De la même auteure :

A partir de 3 ans :
- Achille le crocodile fainéant
- Alba la chouette effraie
- Les pieds d'Adrien, Josy la baleine, Doudou Koala
- Anatole le diplodocus

A partir de 8 ans :
- Tome 1 : Ils étaient 5 enfants…
  De Gibraltar jusqu'en Mandchourie
- Tome 2 : Ils étaient 5 enfants…
  De la Mandchourie jusqu'à Jaipur
- Tome 3 : ils étaient cinq enfants…
  De Jaipur en route pour Zanzibar